JN243200

集英社オレンジ文庫

映画ノベライズ

ストロボ・エッジ

下川香苗
原作／咲坂伊緒
脚本／桑村さや香

Contents

scene1 好きって言いたい

背の高い一人の男子生徒が、廊下《ろうか》の向こうからやってくる。

おしゃべりと笑い声のあふれる騒がしい休み時間の廊下で、その男子生徒のまわりの空気だけ、とりわけ澄んではりつめているかのようだった。

それを見て木下仁菜子《きのしたになこ》は、必要もないのに少しだけ緊張する。

いっしょにいる上原《うえはら》さゆりと遠藤《えんどう》つかさも同じらしく、今までさかんにおしゃべりしていたのに、急にだまりこんでいる。

男子生徒はひきしまった表情で、背すじをすっとのばして歩いてくる。

そして、涼しい目をまっすぐ前へ向けたままですぐ横をとおりすぎていくと、仁菜子たちはだれからともなく、ふうっと息をついた。三人は足を止めてふり返って、細身の後ろすがたをながめる。

「あいかわらずクールだねえ、一ノ瀬蓮《いちのせれん》」

さゆりがつくづく感じいったように、ため息まじりにつぶやいた。

「そうだねー」

仁菜子もうなずいて、たしかにかっこいいよねえ、とみとれてしまう。

同じ学年の、一ノ瀬蓮。

他クラスだけれど、この高校へ入学した早々から名前は知っている。一ノ瀬蓮のことを、女子生徒たちが口にしない日はなかったから。

その存在は、入学式当日から、すでにうわさの的《まと》になっていた。

ととのった顔立ち、背が高くて、足が長くて、おまけに成績優秀。どこをとっても、完ぺきにかっこいい。

そのうえ、どんなに騒がれても、けっしてニヤニヤなんかしない。女子がほめちぎる声なんか、まるで聞こえていないような顔をしている。

つねに沈着冷静、いつもおちついた表情をくずさない。

そこがまた、よけいに女子の気持ちをかきたてて、ますます、すてき、かっこいい、と騒がれる。

いわば、あこがれというか、校内のアイドルみたいなもの。

ラブレターをわたしたり、告白した子の話とかもちらほら耳にはするけれど、大多数の女子生徒にとっては、遠巻きにながめるだけの存在。

あまりにも完ぺきにかっこよすぎて、感心するというか、鑑賞するというか、そういう対象になっていた。

「あんたには大樹《だいき》がいるでしょ」

仁菜子がうっとりして蓮をながめていると、となりからつかさが、だめ、だめ、と軽くにらんできた。

だから、アイドルにみとれるようなものだってのに。と、仁菜子は思いながらも、

「大樹は、そんなんじゃないよ」

何回も説明してきたのと同じことを、またくり返した。

是永《これなが》大樹は、さゆりたちと同じくクラスメイト。そして、仁菜子にとっては、幼なじみでもある。

大樹とは仲いいけれど、それは幼なじみだからなんだって話しても、さゆりたちはいまだに納得してくれない。

「なんか、俺の話してた？」

ちょうどそこへ、大樹が割りこんできた。

「うわさをすれば……、ね？」

つかさは大樹を見ながら意味ありげに笑って、それから、仁菜子に目くばせをする。

大樹はそれに気づいて、

「なんだよ！」

少し顔をしかめながら、仁菜子のひたいを指先で軽くはじいた。つかさはそれを見て、やっぱりねー、という表情をしている。

そんなんじゃないのになあ、と仁菜子は少々困ってしまう。

たしかに、いちばん親しい男子は大樹にちがいない。でも、大樹と自分が、校内で見かけるカップルの子たちみたいに寄りそっているところなんて、どうにも仁菜子には想像できない。

もちろん、大樹とはしゃべりやすいし、いっしょにいると楽しいし、いいやつだと思っているけれど……。

でも、さゆりたちにそう言うと、「それで充分じゃないの！」とか、「それが好きってことなんだよー！」とせっつかれる。

そんなに熱心に言われると、ふうん、そうなのかあ、そういうものなのかなあ、とも思えてくる。

だって、仁菜子は、恋というものをしたことがない。

片想いしている子たちは、「胸がキューッって痛くなるの」なんてよく言っているけれど、そんな感じは味わったことがない。

大樹のことは、そりゃあ好きは好きだから、それでいいのかなあ?

恋って、こういう感じでいいのかなあ?

じゃあ、私、いずれ、大樹とつきあうのかなあ。ピンとこないけどそういうものかな、なんて仁菜子は考えていた。


さゆりたちの家は別方向なので、行き帰りの電車は、仁菜子はたいてい一人で乗る。

入学したてのころには少しまごつくこともあった初めての電車通学にも、そろそろ慣れてきた。

その日も、いつものようにロングシートにすわって電車にゆられていた仁菜子は、なにげなく車内をながめて目をみはった。

あ、一ノ瀬蓮くんがいる!

思わず、仁菜子は心の中で声をあげた。

そっかー、同じ電車を使ってたのか、知らなかったなー、と仁菜子はそわそわしながら蓮のほうをうかがう。

よし、さゆちゃんたちに知らせよう、と思いついて、仁菜子はひざの上にのせた通学用カバンから携帯電話をとり出した。さゆりたちに自慢というか、報告したい。写メするわけにはいかないけれど、とりあえずメールで報告しよう。

ところが、早くしなきゃとあせって操作しようとしたせいで、手から電話がすべりおちてしまった。

電話が床へころがる。仁菜子がひろおうとして手をのばすより前に、ちょうどとおりかかった乗客の靴《くつ》がそれを踏みつけていた。

パキッ……と、電話が音をたてる。

その音で気づいて立ち止まった乗客は、蓮だった。

蓮は足もとをのぞいて、床から電話をひろいあげた。電話本体は無傷のようだったけれど、ストラップが割れている。

「すみません、弁償します」

蓮はそう言って、電話をさし出しながら仁菜子へたずねてきた。

「何年何組？」

うわー、近くで見ると、ますますかっこいい！

仁菜子は間近にある蓮の顔に見入ってしまってから、ハッとわれに返ると、あわてて立ちあがって答えた。

「一年一組、木下仁菜子！」

やたら大きな声を出してから、あ、名前まではきかれてなかったな、と気づいて、

「……です」

と、小声でつけたした。

駅が近づいてきて、電車が速度をゆるめていく。蓮は「ごめんね」とまた仁菜子にあやまってから、ホームへおりていった。

蓮くんに名のっちゃった！

仁菜子はうかれてから、ふと気がついた。

さっき、「何組」はともかく、「何年」ってきかれたよね？　ってことは、同学年だってことさえ、わかってもらってなかったわけだ。

私、よほどめだたないんだなあ……、とがっくりうなだれる。校内で、何回もすれちがってるのに。

でも、まあ、蓮くんと個人的にしゃべった、ってだけですごいことだよね。そう思って、仁菜子は満足していた。


それから、数日後。

休み時間、ふいに蓮は一年一組の教室へやってきて、仁菜子の席の前へ立った。

どうして蓮がきているのかと、クラスメイトの女子生徒たちは遠巻きにしながら騒いでいる。

「これ……」

小さな紙袋をさし出されたとき、それがなにか、仁菜子はすぐにはわからなかった。

小花模様のきれいな紙袋。とまどいながら封を開けてみて、仁菜子は声をあげそうになった。

ストラップ！

仁菜子としては、蓮としゃべったことのほうに気をとられて、弁償どうこうなんて話はすっかり忘れていた。でも、蓮のほうは、忘れていなかったのだ。

「俺なりに選んだつもりだけど、好みだってあるだろうし、気に入らなかったら捨てていいから」

蓮はそう言って、仁菜子の席から去っていこうとした。

「捨てたりしないよ！」

仁菜子は立ちあがって、蓮の背中へ言った。

「だれかが自分のためにしてくれたことは、どんなことでも、どんな物でも、うれしいよ。だから、捨てたりしない」

いきおいこんでうったえてから、つい声が大きくなってしまったことに気づいて仁菜子は口をつぐんだ。

ふり返った蓮は、少しおどろいたように仁菜子を見つめている。それから、ふっとやわらかく頰《ほお》をゆるめると、仁菜子に向かって微笑《ほほえ》みかけた。

あっ！　今、笑った！

大発見をしたような気分になって、仁菜子は目をみはった。

女子生徒たちは蓮のことをいつも冷静な表情をくずさないとか言っているけれど、そんなことはない。ちゃんと、笑う。

蓮が教室から出ていくのを見送ったあと、仁菜子はもらったストラップをあらためて手にとった。

ストラップはちいさな蝶《ちょう》をかたどった物で、ところどころにラインストーンがはめこまれている。

蓮くんからのプレゼントだあ……。

きらきらと光をはじく蝶を、仁菜子は見つめた。

弁償すると言ったことをちゃんとおぼえていたなんて、すごく律儀《りちぎ》な人なんだ。

すごくかわいい、きれいなストラップ。どんなのがいいかって、きっといろいろ迷って選んでくれたんだろうな……。

そう思ったとき、さっきの蓮の微笑みが目の前によみがえってきて、そして、突然、胸にキュッとしめつけられるような痛みを感じた。

なに、これ……?

仁菜子はびっくりして、自分の胸をおさえてみる。

なんだか、心臓の動きが乱れて速くなっている。でも、気分は悪くない。むしろ、体がふわふわ軽くなったような感じがしている。

そして、さらにありありと蓮の微笑みがよみがえる。

すぐそこに、まだ蓮がいるように。

ストラップをもらった日から、仁菜子はそれまで以上に、校内でよく蓮を見かけるようになった。

あれっ、遭遇《そうぐう》する確率が上がったのかな、とか思っていたけれど、そのうち、そうじゃないとわかった。たくさんの同じ制服すがたの中にいても、仁菜子には、蓮だけちがって見える。そこにだけ、パッと光があたったように、蓮だけがめだって見えるようになったからだった。

昼休み、購買部に生徒がごった返しているようなときでも、仁菜子には蓮のすがたがすぐに見分けられる。

蓮が買ったペットボトルの飲み物がストレートティーということまで、少し離れたところからでも仁菜子にはよく見える。

蓮が購買部から去ったあと、仁菜子はさっそく店員に注文した。

「ストレートティーください」

それを聞いて、さゆりたちがふしぎそうにする。仁菜子はいつもたいてい、甘い飲み物を選んでいるからだ。

「ストレートティーなんて、めずらしくない？」

仁菜子の持っているペットボトルを見ながら、さゆりがたずねてくる。つかさも、なんかあやしいなー、という表情をしている。

仁菜子は笑って答えない。

蓮と同じ飲み物を持っている。たったそれだけのことなのに、気分がはずんで、なんだか楽しくなってくる。

仁菜子たちのそんなやりとりを、大樹は近くからじっと見つめていた。

なんのへんてつもないペットボトルを、まるで特製の飲み物でも手に入れたように、口もとに笑みをうかべながらながめている仁菜子のすがたを——。


「仁菜子、帰り、いっしょにいいかな？　話があるんだけど……」

大樹からそう声をかけられたのは、ある日の放課後だった。

二人で駅へ向かって歩きはじめたけれど、話があると言っていたわりに、大樹はなかなかしゃべろうとしない。いつになく硬い表情をして、ずっと口を閉ざしている。

やがて、仁菜子をだまって見つめたあと、大樹は言った。

「俺とつきあって！」

仁菜子をまっすぐに見つめながら、大樹はつづけた。

「中学のときから、ずっと好きだった。親が離婚してへこんでるとき、そばにいてくれて、それからずっと……、仁菜子だけを見てきた」

大樹の両親が離婚したころのことは、仁菜子もよくおぼえている。

あのころ、大樹は暗くしずんだ顔ばかりしていた。そばで見ているのもつらいほどで、仁菜子は毎日はげますことばをかけたものだった。

父親が家を出ていくかたちで両親は別れて、大樹は今、母親といっしょにマンションで暮らしている。

大樹の気持ちはうれしいけれど、うなずくことは仁菜子にはできなかった。

「……ごめん。大樹とは、つきあえない」

大樹のことは、もちろん好きだ。

でも、今はもう、わかっている。大樹の言っている「好き」と、自分の「好き」はちがうんだってことが。

「仁菜子、一ノ瀬のこと、好きなの？」

大樹は率直《そっちょく》に問いかけた。

仁菜子は答えない。

すると、大樹は少し迷うようにだまりこんでから、苦しげにも聞こえる声で言った。

「でも、あいつ、彼女いるよ」

「えっ……」

「あいつの彼女、俺の姉貴なんだ」

大樹に姉がいるという話は、仁菜子も以前に聞いたおぼえがある。それが蓮の彼女だなんて、まるで思いもよらなかったけれど――。

「よりによって、なんで蓮くん!?」

さゆりたちは話を聞くと、おどろいて悲鳴のような声をあげた。

「バカだよね……。彼女いるのに……」

仁菜子はため息をついて、肩をおとしてうなだれる。

彼女がいるとは知らなかったけれど、でも、あんなにかっこいいのだから、つきあっている人がいたってあたりまえのことだった。

女子生徒たちのあこがれの的《まと》、校内のアイドル。

おまけに、彼女がいる。

そんな相手をいくら想ってみたところで、まったく望みがないのはわかりきっている。

「だったら、なおさら……」

「やめちゃいなよ、そんなむくわれない恋なんか」

さゆりたちはなかばあきれたように、口をそろえて言う。

そうだよねえ、むだなんだよねえ、望みなんかないんだよね、と仁菜子自身も思うのだけれど……。

それでも、やっぱり蓮のすがたを目にすると、ああ、いいなあ、好きだなあって、胸がキュッと痛くなってしまう。

ずっとひそかに蓮を想いつづけているうちに、季節は流れて、あと少しで三学期も終わるころになっていた。

ストラップの件以来、蓮とは顔をあわせると、あいさつくらいはしあえるようになっている。

今日も仁菜子は、蓮と同じ電車に乗っていた。

ほんとうのことを言えば、ただの偶然じゃない。蓮がよく乗る時刻の電車に、仁菜子も合わせて乗るようにしているのだった。

連結部の向こう、となりの車両にいる蓮のすがたが見える。蓮はロングシートにすわって、いつものように静かに本を読んでいる。

蓮のそばに、妊娠《にんしん》しているらしい女性が立った。ゆったりとした服につつまれたお腹は、もうめだつほどにまるくふくらんでいる。すると蓮は、さっとためらいもなく立ちあがって、「どうぞ」と女性へ声をかけた。

蓮くん、やさしいんだなあ……。

さりげないしぐさに、仁菜子は感心する。

クールとか言われているけれど、じつは律儀《りちぎ》だし、親切で、やさしい。蓮のことをよく観察するようになって、そのことがよくわかってきた。

席をゆずられた女性は顔をほころばせながら蓮に向かって頭をさげて、お腹を手でかばいながらゆっくりとロングシートへ腰をおろした。蓮はちいさく会釈《えしゃく》を返して、閉じた扉の前へ移動する。

仁菜子はそれを見てシートから立ちあがると、となりの車両へうつって、自分も扉の前へ行った。

パイプにもたれるようにして立っている蓮が、仁菜子に目をとめて軽く頭をさげる。仁菜子もちいさくおじぎをする。そばにいるだけでうれしくなって、つい、蓮をじっと見てしまう。

その視線に気づいて、「どうかした？」とたずねるように蓮が首をかしげた。仁菜子は微笑みながら、「なんでもない」とこたえるように首を横へふる。蓮はまた首をかしげて、ちいさく笑う。

やがて、車内アナウンスが流れたあと、電車は蓮のつかっている駅へついた。

「それじゃあ」

仁菜子にまた会釈をして、蓮は電車からおりていく。

ホームへ歩きだす蓮を見送ったとき、ふいに、仁菜子の胸に強い気持ちが湧きあがってきた。

蓮くんが、好き。

好き、好き、好き。

湧きあがった気持ちはいっきに体じゅうに熱くひろがって、もう、このままじっとしていられない。

熱につき動かされるように、仁菜子は蓮を追いかけて電車から飛び出した。直後、扉が閉まって、電車がホームから離れていく。

「蓮くん！」

あとを追いながら仁菜子が呼びかけると、蓮が足を止めた。

「どうしたの？」

ふり返ってたずねてくる蓮のほうへ、仁菜子は駆け寄る。少しのあいだ、だまって蓮と正面から向かいあう。

「蓮くん、あのねっ……」

湧きあがってきたものを、もう自分の中だけにとどめておけない。いったんことばを切って息をととのえると、仁菜子は蓮を見つめながら告げた。

「私……、私、蓮くんが好きです」

蓮はなにも言わず、仁菜子を見つめる。

「ありがとう」

まず、蓮はそう言ってから、いつもと変わらない静かな声でつづけた。

「でも、俺、つきあってる人がいるんだ」

「……うん。知ってた」

「ごめん……」

「ううん。私は、ただ、つたえたかっただけだから……」

しばらく、沈黙が流れる。

それから、仁菜子はひとつ大きくうなずくと、蓮に向かって笑ってみせた。

「スッキリした」

明るく言ったあと、仁菜子は急にためらいがちな声になって問いかけた。

「蓮くん、これからも今までどおりしゃべってくれる？　そのぉ……、友達として」

「うん、もちろん」

迷わず蓮はそう答えて、仁菜子に微笑みかけてくれる。仁菜子もほっと息をついて、蓮に笑みを返してみせた。

好き、好き。

蓮くんが、好き。

蓮の微笑を見つめていると、その気持ちがますます強く、つきることなく湧きあがってくる。

ふられたって、ぜんぜんかまわない。

好きって気持ちは、少しもゆるがない。

この微笑みが見られるなら、それで充分。友達としてしゃべることができるなら、それだけで、すごくうれしいことだから。

scene 2
クラスメイト

春休み中は、蓮《れん》には会えない。

さみしいなあ、蓮くんの顔が見たいなあ。仁菜子《になこ》はそう思う反面で、ちょっと顔をあわせづらい気もしていた。

あのときは、どうしてもすぐに好きって言いたくなって行動にうつしたけれど、私、告白しちゃったんだ。よくよく考えてみたら、すごいことをしちゃったんだ。あとになってから、そう気がついた。

つぎに蓮くんに会ったら、どんな顔をして、どんなふうに声をかけたらいいんだろう。今までどおりにしてくれると言ってもらえたから、きっと、さけたりはしないでくれるとは思うけれど……。

そんなふうにあれこれ考えながら春休みをすごしたけれど、四月になって学校がはじまると、さらにおどろくようなことが待っていた。

ひさしぶりに登校してまず向かうのは、掲示板のところ。新学年のクラス編成がはり出されているからだ。

仁菜子の新しいクラスは、二年四組。

女子の欄《らん》をたどっていくと、さゆり、つかさも、また同じクラスになっている。

やった、ついてる！

二年生も楽しくすごせそうと仁菜子はよろこびながら、つぎに男子のほうを見た。

まず、大樹《だいき》の名前があるのが目についた。それから、順にたしかめていって、あやうく仁菜子はその場でさけびそうになった。

二年四組男子の欄には、『一ノ瀬《いちのせ》蓮』の名前が載っていた。

さゆりたちとつれだって、仁菜子は二年四組の教室へと向かったけれど、なかなか中へ入れないでいた。

戸口のところからちらっと中をのぞいては、さっと首をひっこめる。さっきから何回も、そんなことばかりくり返している。

この教室の中に、蓮がいる。それを思うだけでドキドキしてしまって、とても気軽に入っていくなんてできない。校内ですれちがうだけでも緊張するなあと思っていたのに、同じクラスなんて、ますますどんな顔をして会ったらいいんだか……。

「だいじょうぶ？　仁菜子」

そわそわするばかりの仁菜子を、さゆりが気づかってくれた。

でも、つかさのほうは、いつまでたっても入ろうとしない仁菜子に、とうとうしびれを切らしたらしい。

「ほら、ちゃんとあいさつしてこい」

じれったいな、とばかりに、ドンッと仁菜子の背中を押した。

「わっ！」

戸口からのぞきこんでいた仁菜子はバランスをくずして、いやおうなく教室の中へ足を踏み出した。

前のめりになって数歩行ったところで、ちょうど戸口のほうへ向かおうとしていた男子生徒とぶつかりそうになる。

「あ、ごめんなさい」

あわてて仁菜子はあやまったけれど、男子生徒は「あれっ?」というような表情をして、仁菜子の顔をのぞきこんできた。

「あの……」

なんだろう? 怒ったのかな? 仁菜子がとまどっていると、茶髪にしたその男子生徒はふいに声をはりあげた。

「ああ! 春休み直前に、蓮にフラれてた子だ!」

その声は教室じゅうにひびいて、クラスメイトたちの視線がいっせいに仁菜子にあつまった。なかほどの席についていた蓮もふり返って、仁菜子のほうを見ている。

「ちょっと、そんな大声で……。ていうか、なんでそのこと……」

うろたえる仁菜子に、茶髪の男子生徒はふっと笑いかけて、それから得意げにも見える表情で自分を指さしてみせた。

「目撃者! 目撃者その1」

「えっ……」

「つーか、学校じゅう、みんな知ってるよ。駅のホームで告《コク》ったりしたら、うわさになるに決まってんじゃん」

それを聞いて、仁菜子はめまいがしそうになった。学校じゅうのうわさなんて、まさか、そんなことになっていたなんて……。

自分はともかく、蓮に対してもうしわけない。

あやまらなくちゃと思ったけれど、これでは、いっそう話しかけにくい。どうしよう、どうやってあやまろうと悩んでしまって、結局、仁菜子は蓮の席へ近寄っていくことさえできなかった。

仁菜子は蓮のことばかり気になって、新学年最初のホームルームもろくに耳に入らなかった。

明日から、教室へ来《き》にくいなあ……。

ため息まじりに帰りじたくをして戸口へ向かうと、後ろから蓮が友達といっしょにやってきて顔をあわせた。

あいさつしなきゃ。いや、まず、うわさのことをあやまらなくちゃ。そう思っても、ことばが出てこない。仁菜子があせっていると、先に蓮のほうが口を開いた。

「木下《きのした》さん、一年間、よろしくね」

「あ、うん……」

「じゃあ、また明日」

蓮はそう言って、廊下《ろうか》を歩き出していく。つれの男子生徒も「よろしくね」と笑顔で仁菜子に声をかけて、蓮といっしょに帰っていった。

やっぱり、蓮くんはやさしいなあ……。

仁菜子は感激しながら、蓮たちの後ろすがたを見送った。蓮の態度は、これまでとまったく変わりない。おかげで、少し気がらくになった。なにも気にしてないからねってつたえるために、わざわざあいさつしていってくれたんだろうなと、蓮のさりげない思いやりを感じる。

「アイツって、どーなのよ?」

ふいに声をかけられて横を見ると、さっきぶつかったあの茶髪の男子生徒がとなりへきていた。

安堂拓海《あんどうたくみ》。

それがホームルームの自己紹介で知った、男子生徒の名前だった。

「フッた子にあんな平気でしゃべってるって、無神経じゃない?」

蓮の後ろすがたへ目をやりながら、安堂は顔をゆがめる。

安堂のことばに、仁菜子はムッとした。ずけずけとものを言う子だなと眉《まゆ》をしかめながら、そっぽを向いて仁菜子は答えた。

「ちがうよ。私が気まずくならないように、ふつうにしてくれてるんだよ」

「はあ？　そんなんでいいの？」

「いいの。私がたのんだことだから」

仁菜子はきっぱり言いきると、納得できないといった顔をしている安堂を残して廊下を歩きはじめた。

今日からは、蓮とはクラスメイト。

まだちょっと気まずさはあるけれども、でも、やっぱり同時に、明日からが楽しみな気持ちも湧いている。

だって、これからは、校内や電車で見かける機会を待たなくても、蓮に会える。朝と帰りのあいさつをすることができる。同じ教室ですごすことができる。授業中も、ずっとすがたを見ていられる。

毎日、かならず、蓮に会うことができる。


他クラスの女子生徒たちから声をかけられたのは、新学年がはじまってまもなくのことだった。

仁菜子が渡り廊下を歩いていると、途中にたむろしていた数人が無言で近寄ってきて、行く手をふさぐようにした。

「あの……」

どの子も顔を見たことがある程度で、知りあいもいない。仁菜子がとまどっていると、女子生徒の一人がにっこりと笑いかけてきて言った。

「私たち、みんな、蓮くんにフラれた仲間なの」

「え？」

目をしばたたく仁菜子に、ほかの子たちもつぎつぎに声をかけてきた。

「すごいよ、駅で告白するなんて」

「大胆《だいたん》ー！　感動しちゃった」

などと、口々に仁菜子をほめそやす。

「はあ……」

仁菜子には、さっぱりわけがわからない。

これって、なんなの？　蓮くんの話でもりあがる会？　まあ、そういうのなら、みんながあちこちでやってることだけど……。

そう考えていると、最初に話しかけてきた女子生徒の顔から、愛想のいい笑みがふっと消えた。

「だからさあ、木下さんもムカつくでしょ？　一ノ瀬蓮」

「……え？」

「あいつ、モデルのマユカとつきあってるんだよ」

女子生徒は仁菜子の前へ、一冊のファッション雑誌を出してみせた。表紙で微笑んでいるモデルの顔を、いらだったように何回も指でたたく。

そのモデルには、仁菜子も見おぼえがあった。名前までは知らなかったけれど、最近人気があるらしく、雑誌に載っているのをよく目にしている。

でも、とっさに話がつながらない。

蓮のつきあっている人は、大樹の姉のはず。ということは、大樹の姉は、モデルのマユカってこと？

「硬派なふりして、ただの面食いじゃん。ねー！」

「一般人の分際で俺に告白すんな、とか絶対思ってるよね！」

ほかの子たちも顔を見あわせながら、蓮のことをあしざまに言いはじめた。

なんで、そんなふうに勝手に決めつけてるの？　蓮くん、そんなこと思ってないよ。蓮くんは、やさしいよ。

そう思いながらも仁菜子はだまって聞いていたけれど、女子生徒たちはこれでもかとばかりに蓮の悪口を言いつのる。

とうとう、仁菜子はがまんできなくなって、口を開いた。

「おかしいよ」

「え?」

女子生徒たちは悪口をやめて、そろって仁菜子のほうを向いた。五人の視線をうけ止めながら、仁菜子は問いかけた。

「好きになった人のこと、なんでそんなふうに言えるの?」

仁菜子のそのことばで、さっきまで好意的だった女子生徒たちの視線が、たちまち冷ややかなものへと変わっていった。

「……ちょっと、なに一人で、いい子ぶってんの?」

女子生徒の一人が眉《まゆ》をゆがめながら、仁菜子にせまってきた。ほかの子たちも加勢するように、仁菜子をにらんでくる。

でも、仁菜子はひかなかった。声がふるえそうになるのをおさえながら、仁菜子は言い返した。

「私のことは、好きに言っていいよ。でも、蓮くんのことは悪く言わないで」

女子生徒たちは信じられないことでも聞いたように目を見開いて、それから、いっせいに笑い声をあげた。

「なんなの？　あんなやつ、かばって」

「フラれたのに、彼女気取り？」

「そうだよー」

女子生徒たちはかわるがわる、仁菜子の顔をのぞきこんではあざ笑う。それから、仁菜子を残して、校舎のほうへ歩き出した。

「……くだらない」

低く押し出すように、仁菜子はつぶやいた。

なにを言ってるの、という感じに、女子生徒たちは足を止めてふり返る。仁菜子はこぶしをにぎって、腹の底から力をこめてくり返した。

「陰でこんなこと言うなんて、くだらない、くだらない、くっだらない！」

仁菜子の目に涙がにじんで、まわりの風景が白くかすんでくる。

女子生徒たちはだまって聞いていた。でも、仁菜子をじっと見つめたあと、再び、かん高い笑い声をあげた。

「涙目になっちゃって、バカみたい。行こ」

なにあれ、うっざー、などとあざ笑いながら、女子生徒たちは校舎へ入っていく。

こぼれおちた涙が、立ちつくす仁菜子の足もとにしみをつくる。

笑われたって、そんなのは平気だ。笑いたいなら、笑えばいい。でも、蓮を悪く言われたのが、くやしくてたまらない。自分がくやしがったって、なんの役にもたたないとわかっているけれど……。

二階の廊下から、安堂はその光景を目にしていた。まだ立ちつくしている仁菜子を、安堂はじっと見守る。

そこへ蓮がとおりがかって、窓から外をながめている安堂に目をとめた。安堂は蓮のほうを向くと、見ろよ、とうながすように、あごで窓の外をしめした。

「彼女、おまえのことかばって泣いてたんだぞ」

安堂はそう言い置いて、窓ぎわから去っていく。

蓮は窓へ寄っていくと、渡り廊下の途中に立ちつくしたままでいる仁菜子を無言で見つめていた。

scene 3
友達だから

二年生になって数日たつうちに、だんだんと、新しいクラスメイトたちの顔と名前が一致するようになってきた。

今日のロングホームルームの議題は、クラス親睦会《しんぼくかい》のこと。

早くクラスの結束を深めようということで、みんなでお菓子を食べたり、ゲームをしたりする予定になっている。

「それから、買い出し係、だれか立候補するやついないかー?」

教壇《きょうだん》で担任の教師が呼びかけるけれど、みんなはざわつくだけで、いちばん手間のかかりそうな役目を買って出る生徒はいない。

「しょうがないなー。じゃあ、うらみっこなしの出席番号で決めるぞー」

話が進まないので、とうとう担任はそう言いだした。

「今日は四月九日だから……、男子四番、一ノ瀬《いちのせ》」

「はい」

蓮《れん》が返事をする。

もしかして、つぎは……と考えて、仁菜子《になこ》はそわそわしてきた。そして担任は、仁菜子の予想どおりのことを言った。

「わるいが、たのむな。それから、女子の九番は……、木下《きのした》」

「はい……！」

「じゃ、木下もよろしく。それからー……」

担任が三人めを指名しようとしたとき、それをさえぎって、さっと高く手をあげながら安堂《あんどう》が立ちあがった。

「はい！　先生、立候補します」

「おお、そうか」

クラスのために率先《そっせん》してつくそうという生徒が一人でもいてくれたかと、担任はよろこんでいる。いかにも気合い充分ですといった顔で安堂はうなずいてみせてから、仁菜子へ向かって、やたら愛想よく笑いかけながら言った。

「なんか楽しそう〜っ！」

「楽しくね〜っ！」

すでに何回めか、またもや安堂がもんくを言う。

放課後、三人で買い出しにでかけたものの――。

ホームルームでの気合いはどこへやら、荷物が多くなってくると、安堂は不満ばかり口にしはじめた。

三人で歩いていても安堂だけ遅れがちで、大きなレジ袋を両手にさげたまま、歩道のまん中でしゃがみこんだりするしまつ。はりきって立候補していたくせに、まったくやる気が感じられない。

「疲れた〜。もうダメ〜。ちょっと休まない？」

安堂はのろのろとレジ袋をひきずりそうにして歩きながら、先を行く仁菜子と蓮に向かってわめく。

「でも、まだ行く所あるし」

仁菜子がふり返ってたしなめても、安堂は納得しないばかりか、さらに声を大きくしてわめいてくる。

「のど、かわいたよ〜。小腹がすいたよ〜。イスにすわりたいよ〜」

だだっ子か！

と言ってやりたかったけれど、このようすでは、なにを言ったところでだまりそうにない。あまりに安堂がうるさいので、ついに仁菜子のほうが折れた。

「じゃあ、どこか入る？」

「そうこなくっちゃ！」

とたん、安堂は元気をとりもどして、近くにある店を物色するようにきょろきょろしはじめる。

もうっ、遊びにきたんじゃないのに……。仁菜子があきれたとき、ふいに背後からクラクションが鳴らされた。

そばの路肩に、青い車が停まる。

「蓮！」

運転席からおり立った人は、雑誌に載っていたそのままの笑顔でこちらへ向かって手をふってきた。

「ごめんね、急におじゃましちゃって。ちょうど近くにいたから、きちゃった」

四人でオープンカフェへ入ると、麻由香《まゆか》はそう言って、仁菜子と安堂に向かってちいさく頭をさげた。

「ぜんぜん。美人モデルさんなら、大歓迎でーす」

さっきとはうって変わって、安堂はごきげんになっている。

すごく、きれい……。仁菜子はドーナツを食べながら、向かいの席にすわる麻由香にみとれて心の中でため息をついていた。

雑誌で見たときにもきれいだと思ったけれど、目の前にすわっている麻由香は写真の数倍も美しい。でも、美人だけれど、とりすました冷たい感じは少しもない。親しみをおぼえさせる雰囲気《ふんいき》が大樹《だいき》と似ている。

「麻由香さん、飲み物だけ？」

となりの席へ目をやりながら、安堂がたずねた。

「あ、うん。最近、体重増えちゃって」

麻由香はそう答えたけれど、衿《えり》もとからのぞく鎖骨《さこつ》のあたりにも、二の腕にも、むだなものはいっさい感じさせない。これで体重が増えたというなら、ふだんはどれほどほそいのかと心配になるほどだった。

それから安堂は、仁菜子のほうを見てほくそ笑むようにした。

「仁菜子チャンは、たくさん食べる子なんだね」

そのことばに、仁菜子は食べかけのドーナツがのどにつまりそうになった。手に持っているドーナツのほかに、前に置かれたトレイにはもう一個のっている。

しまった！　と思ったけれど、今さらかくしようもない。

仁菜子は食べること大好き、お菓子大好き。ショーケースにならぶドーナツがとてもおいしそうで、つい二個も注文したけれど、麻由香とくらべるといかにも大食いみたいに見えてしまう。

恥ずかしくなって仁菜子がうつむくと、麻由香が微笑《ほほえ》んで言った。

「でも、おいしそうにモリモリ食べる人ってかわいいよ。仕事してなかったら、私も同じくらい食べちゃうもん」

麻由香のことばに、仁菜子は顔をあげた。こんなふうに気づかってくれるなんて、外見だけじゃなくて、中身もきれいな人なんだなあ、とますますみとれてしまう。

麻由香がハッとしたような表情になって仁菜子のほうをのぞきこんできたのは、そのときだった。

「そのストラップ！」

トレイの横に置かれた携帯電話に麻由香は目をとめて、それから、となりにすわる蓮にたずねた。

「もしかして、蓮がストラップこわしちゃった子って、仁菜子ちゃん？」

「ああ、そうだよ」

「それ買うときね、けっこう迷ったみたいで。わたす前に、『これ変じゃない？』って私に聞いたりして。ね？」

「いいって。あんま言わなくて」

「そうかー、仁菜子ちゃんだったんだねー」

麻由香はうなずきながら、仁菜子に向かって微笑みかける。その笑顔には、にごった色はみじんもない。

仁菜子はあいまいに笑みを返しながら携帯電話に手のひらをかぶせると、さりげなくテーブルの下へ移動させた。

オープンカフェを出たあとは、蓮と麻由香がならんで先へ行って、仁菜子と安堂がそれを追っていくかっこうになった。

「あと、なに買うの？」

「お菓子とフウセンと、てきとうにパーティーグッズと……」

メモを見ながら話す蓮と麻由香の声が、仁菜子にも聞こえてくる。まだそれほど陽射しは強くないけれど、麻由香は肌を守るためか、もう日傘《ひがさ》をさしている。

しばらく歩いていくうちに、広い横断歩道の前へ出た。

青信号が点滅しはじめる。

蓮と麻由香は足を速めて、横断歩道をわたりはじめた。麻由香が走りながら、蓮の腕に自分の腕をからめる。

それを目にしたとたん、仁菜子の足が止まった。

早く追っていかなきゃ、早くしないと赤になってしまう。そう思っているのに、横断歩道の手前から足が動かない。

蓮と麻由香は腕を組んだままで、ならんで走っていく。仁菜子が立ちつくしてそれを見送っていたとき、急に、安堂が歩道へしゃがみこんだ。

「あ、待って、仁菜子チャン！　靴《くつ》ひも、ほどけた！」

「え？」

蓮と麻由香はもう横断歩道をわたりきって、道路の向こう側についている。どうしようと仁菜子が思っているうちに、信号が赤に変わった。

「よし！」

安堂が立ちあがった。その足もとへ仁菜子が目をやると、安堂の靴にはひもなど付いていなかった。

「安堂くん、ローファーじゃん！」

「じゃあ、逃げようか？」

「え？」

「だから、逃げんのっ！」

ふいに安堂は、仁菜子の手をつかんできた。道路の向こう側にいる蓮に向かって、安堂は声をはりあげる。

「蓮！　あとの買い物、たのんだからな！」

「安堂っ⁉」

蓮に呼び止められても、かまわず安堂は駆け出した。仁菜子は手を強くひっぱられて抵抗もできず、安堂といっしょに走りはじめる。

蓮はとまどいながら道路の向こう側を見ていたけれど、仁菜子と安堂のすがたはすぐにみつけられなくなってしまった。それでも横断歩道の前にとどまって、二人が消えていったほうへ目をこらす。いったい安堂はどういうつもりなのか、どこへ仁菜子をひっぱっていくつもりなのか、気にかかってその場から離れられない。

「だいじょうぶだよ。もう買う物もそんなにないし」

となりから麻由香が、そう言って蓮をなだめた。

「……そっか」

「そうだよ。行こう」

心配しなくてもいいよといった感じに麻由香はうなずいて、先をせかすように少し早足になって歩きはじめる。

うながされて蓮も歩きだしたけれど、数メートル行ったところで足を止めた。横断歩道のほうをふり返る。もしかしたら仁菜子がもどってきてはいないかと、道路の向こう側へ再び目をこらしてみる。

蓮がついてこないのに気づいて、麻由香も足を止めた。

ふり返ってみると、蓮はまた道路の向こうを気にかけている。麻由香はしばらく声をかけず、だまって蓮の背中を見つめていた。

安堂は仁菜子の手をつかんだままで、買い物客が行きかう表通りを走っていく。

途中で表通りからはずれて、裏道のほうへ入っていき、また走って、そして公園へ駆けこんだ。

「ちょっ……、安堂くん、ストップ！」

安堂が足をゆるめたところで、ようやく仁菜子は手をふりきった。

「まだっ、買い出しの途中……、なのにっ……」

激しく息を切らしながら、安堂にうったえる。両足はもうふらふらになっていて、今にもへたりこんでしまいそうだ。

「だって、仁菜子チャンがあんな顔してんだもん。見てらんないよ」

そのことばに仁菜子は、思わず安堂を見つめた。

そういうことだったんだ……。

やっと理由がわかって、仁菜子は深く息を吐き出してから、そばにあったベンチへすわりこんだ。

「きっと、麻由香さんは知らないんだね、私が告白したこと。私がどれだけ蓮くんを好きでも、二人にはどうってことないんだよね」

なかばひとりごとのように、仁菜子はつぶやいた。

蓮につきあっている人がいるのは、とっくに知っていたこと。蓮と麻由香なら、とてもお似合いだとも思っていた。

それなのに――。

いざ、二人が仲良さそうにしているところを実際に目の前にしたら、いきなり見えない壁にぶちあたったような、冷たいものを浴びせられたような、そんな感じがしていたたまれなかった。

「ふつうにしてくれって、仁菜子チャンがたのんだんでしょ?」

「そうだけど……」

仁菜子には、なにも言い返せない。

安堂は近くにある樹の根もとへしゃがみこむと、あきれたように首をひねった。

「つらい恋とか、マジ、意味わかんねえ」

「へへへ……、そうだね……」

だめだな、これじゃあ、と仁菜子は自分に言い聞かせた。ひどい顔なんてしないように、もっと気をつけなくちゃ。蓮くんがふつうにしてくれるんだから、私もちゃんとふつうにしなくちゃ。友達、なんだから。

仁菜子はひとつ息を吸って気持ちをおちつかせてから、安堂に言った。

「だから……、半分だけ、ありがとう」

どういうことか問うように、安堂は首をかしげる。

「安堂くんの言うとおり、見てるのつらかった。でも、買い出し押しつけていいわけじゃないし。だから、半分だけね」

仁菜子は少し笑ってみせてから、もう一度、安堂にくり返した。

「つれ出してくれて、ありがとう」

安堂はかすかに眉《まゆ》を寄せただけで、なにも言わなかった。

蓮のことはそれ以上はもう口にはせず、力がぬけたようにベンチにすわっている仁菜子をだまって見つめていた。


翌日の朝。

安堂は昨日買い出しをしてきた荷物をたずさえて、学校へ向かった。鼻歌をくちずさんだりしながら、軽快に自転車を走らせていく。

が、学校へついて、自転車置き場が見えてきたところで、鼻歌をやめた。

何十台と自転車がならんで停められている中に、腕組みをして立っている背の高い人影がある。

それが蓮だということは、すぐにわかった。安堂は力を入れてペダルを踏みこんで、その近くへ自転車をすべりこませた。

「なになに？　朝から待ちぶせ？」

安堂が声をかけても、蓮はなにも答えない。

「あ、昨日のこと、怒ってるとか？　カリカリすんなって。二人っきりのほうが楽しいじゃん。おたがいに」

軽い調子で話しかけながら安堂が自転車にロックをかけていると、ようやく、蓮が口を開いた。

「おまえのそういうノリに、木下さんを巻きこむな」

「はあー？　そういうノリって、なにー？」

「あの子は、おまえが中途半端につきあってきた子たちとはちがうって言ってんだよ」

そのことばに、安堂は笑みを消した。みるみる表情を険しくすると、鋭いまなざしを蓮に向ける。

「おまえさー、仁菜子チャンのなんなの？」

安堂の声からは、冗談めかした調子は消えている。

蓮からの答えはない。

「そんなことを言う権利も資格も、おまえにはないんじゃないの？」

安堂はつきつけるように言い残すと、一人だけで先に、荷物を持って校舎のほうへ歩き去っていった。

その日の放課後。

いつものように、仁菜子は一人で駅へ向かった。

すでに発車時刻がせまっている。けたたましいベルが聞こえてきたのは、早足で連絡通路をとおっているときだった。ホームに電車が停まっているのが見える。急げば間に合うかもと、仁菜子はさらに足を速めた。

ホームへつづく階段をいっきに駆けおりていって、よし、乗れる、と思った瞬間。最後の段を踏みはずして、仁菜子は前のめりにたおれた。

ベルが鳴りやんで、シューッと音をたてて電車のドアが閉まる。たおれている仁菜子を残して、電車はホームから離れていった。

仁菜子はへたりこんだまま、どんどん遠ざかっていく電車を見送った。

乗れなかったうえに、ころんじゃって、もうなにやってんだか……。ため息をつきながらのろのろと立ちあがって、スカートについた汚れを手ではらう。

そのとき、足音が近づいてくるのが聞こえてきて、そちらを見ると、階段をおりてきたのは蓮だった。

「蓮くん……」

どうしたの、という表情をして、蓮は仁菜子を見ている。

「乗り遅れちゃった」

えへへと頭をかいて、仁菜子は笑ってみせる。

みっともないところ見せちゃったなと恥ずかしかったけれど、仁菜子を見る蓮の顔にはやさしい笑みがにじんでいた。

つぎの電車がくるまで時間があったので、仁菜子と蓮は、ホームのベンチにならんですわった。

「昨日は先に帰って、ごめんね」

これだけは言わなければと思っていたことを、仁菜子はまず口にした。あんなふうに役目を途中で放り出してしまって、蓮にはもうしわけなくて、それだけはきちんとあやまっておきたかった。

「安堂のしわざでしょ？　あいつ、悪いやつじゃないんだけど、もしなにかあったら、俺に言って」

蓮のことばに、仁菜子は胸がつまった。

昨日のいきさつのすべてを、蓮に明かすことはできないけれど……。でも、こんなふうに気づかってくれることが、やっぱりうれしい。それが、友達としてのものであっても。仲良さそうに腕を組んでいた蓮と麻由香のすがたを思い出すと、やっぱり顔がこわばってしまいそうになるけれど……。

「あ、そうだ、チョコ食べる?」

仁菜子は話題を変えるように、通学用カバンからチョコレートの箱をとり出して、蓮のほうへさし出した。

あ、これじゃあ、私、ますます大食いみたいだな、とチョコを出してから後悔したけれど、蓮はすぐに手をのばしてきた。

「ありがとう」

礼を言って、一個、チョコを口へ入れる。

口の中でチョコを溶かしている蓮の横顔を、仁菜子は見つめる。その視線に気づいて、蓮がふしぎそうにたずねた。

「なに?」

「甘い物食べてる男の人って、いいよね」

「え?」

「なんかね、カフェデートとかして、べつべつのケーキセットたのんで半分ずつ食べたりするのとかって、あこがれ！」

ふふっと仁菜子は笑って、話をつづける。

「でも、半分ずつとか言いながら、結局、私のほうがたくさん食べちゃって。彼はあきれるんだけど、しょうがないなって分けてくれたりするんだよ〜」

「……」

蓮はだまって、仁菜子の話を聞いている。

「あ、ひいちゃった……？」

つい、へんなことをしゃべっちゃったな、と仁菜子はまたもや後悔した。

こんな空想というより、妄想みたいな話を聞かされたらひくのもあたりまえだよね、とあせったけれど、

「楽しそうだね」

蓮はそう言ってから、静かな声でつけくわえた。

「麻由香の前では、甘い物、食べないようにしてるから」

「え、そうなの？」

「仕事柄《がら》、そういうのひかえてるからね。きっと俺も甘い物にがてだって思いこんでる」

そういえば、昨日のカフェでも蓮は飲み物だけだった。あれは麻由香への気づかいだったんだと、やっとわかった。

「やさしいんだね」

ひとりごとのようにつぶやいたとき、仁菜子の胸に針で刺したような痛みが走った。ひとつ息を吸って、それをなだめる。

「え？」

ふしぎなことでも耳にしたように、わずかに蓮が目をみはる。でも、仁菜子はもう一度は言わなかった。

「ううん」

微笑みながら、ちいさく首を横へふる。それから、さっきのことばをくり返す代わりのように、

「ぜんぶあげる」

そう言って、チョコを箱ごと蓮へ手わたした。

蓮はびっくりして見ていたけれど、ふっと頬をゆるめると、仁菜子の手からチョコの箱をうけとった。また一個、口へ入れる。

蓮のその横顔を見ながら、これでいいよね、と仁菜子は自分に言い聞かせた。

こうやって、いっしょにチョコを食べることができる。
甘い物を食べる時間を、共有できる。
これだけで、充分にうれしい。
それが、友達としてであっても——。

scene 4
あの日の約束

新しい学年も二ヶ月以上がすぎて、校庭の木々も濃い緑の葉をたっぷりとしげらせる季節になった。

今日は、全校あげて、球技大会がおこなわれている。

体育館では、二年四組男子のチームがバスケットボールの試合をしているところで、クラスメイトたちが応援にあつまっていた。

仁菜子《になこ》もさゆりたちといっしょに、二階のバルコニー部分から試合を観ている。

バスケチームには蓮《れん》も入っていて、さっきからたくみなドリブルさばきをしては何本もシュートを決めている。

同じチームには安堂《あんどう》もいて、蓮に負けじとばかりに機敏に動いてシュートを打った。放たれたボールはみごとにリングをくぐって、フロアへおちる。安堂は「やったーっ！」と飛びあがってから、

「仁菜子チャーン！　見てたー？」

バルコニーを見あげて、自慢げに大きく両手をふってきた。

あいかわらず妙になつっこいというか、調子いいんだから……とあきれながらも、しかたなく仁菜子は安堂に向かってうなずいてみせた。

同じクラスになって知ったことだけれど、安堂も蓮とはまたちがった意味で、いろいろなうわさのある生徒だった。とてもモテるというか、親しい女の子があちこちに数多くいるらしい。

「お父さんが再婚？」

さゆりの声が聞こえてきて、仁菜子はハッとして横を向いた。

「まいったよ。昨日、急に聞かされて……」

さゆりのとなりにいる大樹《だいき》が、消え入りそうな声で答えながらうなずいた。大樹は試合など目に入っていないようすで、手すりに寄りかかってうなだれている。

「大樹は、平気なの……？」

さゆりが気づかうように、大樹へ問いかけた。

「親父《おやじ》がそうしたいんなら、祝福するよ。俺はね。けど、姉ちゃんがなあ……」

うーん、とうなってから、大樹はつづけた。

「姉ちゃん、いつかまた家族四人で暮らせる日がくるって信じてて、それを心の支えにしてたとこあったからさ」

両親が離婚したとき、大樹は学校でも泣きそうな顔をしていた。今だって、父親が再婚してまったく平気なんてことはないだろうけれど……。

でも、さっきの口ぶりからすると、むしろ、姉の麻由香《まゆか》がどれほどショックをうけるかのほうを心配しているようだった。

仁菜子の心に、ほっそりとした麻由香のすがたがうかんでくる。麻由香と腕を組んで横断歩道を駆けていった、蓮のすがたも――。

「ずっと変わらない気持ちなんて、ないのかもね。私たちも……、いつか、変わっちゃうのかな……」

その夜。

マンションの前まで駆けつけた蓮に、麻由香は涙をあふれさせながらとぎれとぎれにつぶやいた。

もうこれで、家族がひとつにもどる日はこない。

まだ両親の仲が良かったころの、あの楽しかった日々がもどることは、永遠にない。

その事実に、麻由香はうちひしがれている。

蓮はだまって話を聞いていたあと、麻由香の前にしゃがみこむと、目をのぞきこみながら言った。

「旅行でも行こうか」

どうすれば、少しでも麻由香をらくにさせてやれるのか。どうにかして麻由香の気分をひきたててやりたい。その一心だった。

「え?」

「どこか行きたいとこ、ある?」

「……じゃあ、海外」

「いや……、それは……」

「うそ。蓮といっしょなら、どこだっていい」

ようやく麻由香はわずかに頰《ほお》をゆるめると、涙をぬぐって立ちあがった。

「ごめんね。蓮によけいな心配させちゃって……」

「ん、いーよ」

「……じゃあ、おやすみ」

麻由香は背中を向けて、マンションの玄関へ向かって歩きはじめた。

麻由香の後ろすがたが、ふだんよりもっとほそく、今にもくずおれてしまいそうに蓮の目には映る。

あのほそい背中を支えてやらなければ。麻由香が耐えていけるように、俺が支えていかなければ。

その思いが、蓮の胸に強く湧きあがってくる。

麻由香の後ろすがたに向かって、蓮は声をかけた。

「麻由香には、俺がついてる」

その声に麻由香が足を止めて、蓮をふり返る。しっかりと麻由香に聞かせるように、さらに蓮は声を大きくしてつづけた。

「だから、だいじょうぶだよ。お父さんのことは、ゆっくり受け入れていけばいいよ」

少しだけ、麻由香の顔に微笑みがうかぶ。

蓮は軽く手をあげて、再び玄関へ歩きはじめた麻由香を見送った。

ふと見あげると、部屋のベランダから大樹がのぞいていた。麻由香がだいじょうぶか、大樹もようすが気になってしかたないらしい。

「すまん！」と言うように、大樹は手を合わせて頭をさげてくる。「そんなことない」とこたえるように、蓮は首を横へふってみせた。

「起立、礼」

帰りのショートホームルームが終了して、日直当番が号令をかけると、生徒たちは教壇《きょうだん》に向かってまちまちに礼をした。きちんと深くおじぎをする生徒もいれば、軽く頭をさげただけの生徒もいる。

クラス担任が出ていくと、教室のなかにはいっきに解放感がひろがった。生徒たちは思いきり背のびをしたり、数人であつまっておしゃべりをはじめたり、帰りに寄り道していく相談をしている。

でも、にぎやかな話し声と笑いがあふれるなかで、蓮だけは通学用カバンをつかんですぐに席を立った。あいさつを交わしている時間さえも惜しいといった感じに、無言で戸口へ歩いていく。

「蓮くん、最近、帰るの早いね」

さゆりは蓮が足早に戸口から出ていくのを見送ってから、大樹のほうへ向きなおってたずねた。

「大樹、なんか知ってる？」

「あいつ、バイトはじめたらしい。旅行のために、貯金してるんだってさ」

さゆりに答えて、大樹も戸口のほうへ目をやった。

「それに、ここんとこ毎晩姉ちゃんに会いにきて、またバイトもどってるみたい。いつ寝てるんだろうって思うよ」

それから大樹は、しみじみとした声でつけくわえた。

「なんか、男って、たよられるとがんばっちゃうんだろな……」

さゆりが心配そうに、近くにいる仁菜子へ目をやる。仁菜子はなにも言わず、じっと戸口のほうを見つめていた。


翌日の朝。

登校してきた仁菜子は、靴箱《くつばこ》のところにいる蓮のすがたをみつけた。

蓮はあくびをかみころして、何回も目をしばたたいている。

毎日いそがしくて睡眠不足のはずなのに、蓮が授業中に居眠りしているところなんか見たことない。バイトしているからといって勉強もおろそかにしてはいけないと、けんめいにがんばっているんだろう。それもすべて、麻由香のために。

仁菜子は昇降口へ入っていくと、せいいっぱい明るく蓮に声をかけた。

「蓮くん、おはよう」

「あ、おはよう」

あいさつを交わしたあと、仁菜子は少し声をおとしてつづけた。

「大樹から聞いた……。麻由香さんのこと」

「うん……」

「でも、蓮くんがいるからだいじょうぶだよ」

「うん。今は、できるだけそばで支えてあげたいって思ってる」

「そうだね……」

ぴしり、ぴしりと、まるでヒビが入るような痛みが胸に走る。でも、仁菜子はそれをおさえこんだ。

蓮が麻由香を支えるためにがんばるなら、自分は、そんな蓮をはげましてあげたい。

友達として、はげましたい。

自分にできることは、それくらいしかないから……。

「仁菜子チャン、仁菜子チャン」

安堂が呼びかけても、返事はない。仁菜子は書棚《しょだな》の本に手をかけたままで、じっとうつむいている。

「仁菜子チャン、仁菜子チャン！」

さらに何回も呼びかけられて、やっと、仁菜子は顔をあげた。

「なに？」

まだ半分ぼんやりしながら安堂に答える。天井近くまでぎっしりと本がならべられているのが目に入って、ようやく仁菜子は、そうだ、教科担任の先生にたのまれて、二人で図書室へ資料をあつめにきてたんだったと思い出した。

「手、動かしてくださーい。授業はじまっちゃうんでー」

書棚にならぶ本をながめながら、安堂があきれたようにうながしてくる。

「ごめん……」

あまりぼんやりしてちゃいけない。仁菜子は軽く頭をふってから再び本をさがしはじめたけれど、その手はとどこおりがちだった。

なにをしていても、蓮のことばかり考えてしまう。

せめてできることがしたいと思ってはげましたけれど……。でも、そんなことをしてみたって、自分は部外者。

今、蓮の頭のなかは、麻由香でいっぱいになっている。蓮の毎日は、麻由香を中心にしてまわっている。

あらためてそれを感じさせられると、あたりまえのことだとわかっているのに、また胸にぴしりと鋭い痛みが走る。

安堂はとなりの書棚をさがすふりをしながら、ちらりと仁菜子のほうをうかがった。

仁菜子のスカートのポケットから、携帯電話のストラップがのぞいている。それに目をやりながら、安堂は言った。

「そろそろ、限界なんじゃないの？」

「え？」

「蓮のこと」

どうしてそんなに口を出すんだろうと思いながらも、仁菜子は答えた。

「いいの。私が勝手に好きなだけで、蓮くんの友達でいられれば、それで……」

「すごいきれいごと」

ばかばかしい、とあしらうように、安堂は鼻先で笑う。

そして、仁菜子のほうへ向かって、すばやく両手をのばした。書棚に手をかけて、仁菜子を両腕ではさみこむようにしながらささやく。

「知ってる？　人って、けっこう欲ばりなんだよ？　ほんとうに好きなら、先を望んで当然。でも、蓮にはカノジョがいる」

「……」

「どんなに近づいたって、蓮と仁菜子チャンは交わることなんてないってこと。見返りも求めずにただ想うだけでいいって気持ちは、そのうち限界がくんだよ」

結果は見えていると言いたげに、安堂はほくそ笑む。

安堂のことばのひとつひとつが仁菜子の胸につき刺さって、心臓が不安定に波うちはじめる。

けれども、仁菜子はそれをおさえこんで、けんめいにことばをしぼり出した。

「……私の限界を決めるのは、安堂くんじゃない」

目の前をふさいでいる安堂の腕を、仁菜子は静かに押しのける。

あつめなければならない本はまだ何冊かあったけれど、安堂を残して、仁菜子は図書室から出ていった。

その日の放課後も、蓮はショートホームルームが終わるが早いか、足早に学校を出て駅へと向かった。

もたもたしているひまはないと、気がはやる。

今日も、これからバイトがある。

バイト先のカフェへ行っても、のんびりはしていられない。店は広いうえに、けっこうはやっていて、注文をとったり、あとかたづけをしたり、フロアのほうで手が空《あ》いたら皿洗いをしたり、仕事がとぎれることはない。

そして、夜には、麻由香の家まで行く予定にしている。長い時間いられなくても、顔を見るだけでいい。

蓮は足を止めずに定期券をとり出して、慣れた動作ですばやく自動改札機へかざす。そして、小走りに階段のほうへ向かおうとしたときだった。

ふいに、まわりの風景がゆがんだ。

どうしたんだと考える間もなく、足から力がぬけていって、蓮はフロアタイルの上へくずおれていた。

近くで悲鳴があがったのを聞いたように思ったけれど、すぐに周囲の音はかすんで、蓮の意識は闇の中へ消えていった。

あの日の麻由香の泣き顔は、今でも、はっきりと蓮の記憶に刻まれている。

まだ高校生、制服すがただった麻由香。

あれは、二年前。

麻由香の両親が離婚することを告げられた、あの日——。


「うちの親、やっぱ離婚するんだって。お父さんが、家出ていくことになっちゃった」

いつも待ち合わせていた公園で、麻由香は硬い表情でしばらく口を閉ざしていたあと、そう話しはじめた。

「ほんの少し前までは、みんなで笑いあって、あんなに楽しかったのに……」

麻由香の声がふるえて、瞳がうるみはじめる。泣くまいとするように麻由香はくちびるをかみしめていたけれど、とうとうこらえきれなくなって、目のふちからあふれた涙が頬をつたいおちていった。

「あれは……、うそだったのかなあ……」

涙といっしょに、うめくように麻由香はつぶやく。いったんこぼれはじめた涙は止められず、つぎつぎに頬をぬらしていく。

どんなことばをかけたらいいのか、蓮には思いつかなかった。

親が離婚する。家族が、ばらばらになる。

そんな重大な事態に、いったいなにを言えばいいのか。これまで身近に経験したこともなくて、どうすればいいのかわからない。

「ごめん。塾、はじまっちゃうね」

蓮を気づかって、麻由香は無理に口調を明るくした。涙にぬれた頬を手の甲でぬぐいながら、麻由香は公園から出ていこうとする。

蓮は追いかけて無言で手をのばして、麻由香の手をつかんだ。麻由香は目をみはって、蓮の手を見つめる。

「今日は、いい。俺が、そばにいるから」

泣いている麻由香を置いて、塾へ行く気になんてなれない。なにより蓮自身が、このまま麻由香のそばにいたかった。

「ありがとう……」

蓮の気持ちがわかったのか、麻由香は足を止めた。

麻由香の手をにぎったまま、蓮は考える。

麻由香のために、なにができるのか。

麻由香の力になってあげたい。心ぼそさをやわらげてあげたい。その思いが、胸の奥底から強く湧きあがってくる。

「今日だけじゃないよ」

そうつぶやいた蓮を、ハッとしたように麻由香が見つめてくる。蓮はひとことずつ力をこめながら、さらに麻由香に告げた。

「これから、ずっと、俺がそばにいるから」

いつも。いつでも。いつまでも。

ひとりじゃないから。

いつも、俺がついているから。

いつでも、麻由香のことを考えているから。いつでも、駆けつけるから。

いつまでも、そばにいるから。

蓮は「ずっと」に、そんな意味をこめる。

そばにいて、支えてあげたい。

そして、麻由香に証明してあげたい。永遠に変わらないものだってある、変わらない気持ちだってある、と。

「……うん」

うなずいた麻由香の頬に、また涙があふれる。でも、その頬には、わずかに笑みがもどっていた。

「約束する」

蓮はそう言って、麻由香の手を強くにぎった。

麻由香も、蓮の手をにぎり返してくる。

にぎりあった手にさらに力をこめながら、蓮は決心していた。

ずっと、そばにいる。

絶対に、この約束は守る。

いつまでも、なにがあっても守りぬく。

蓮がまぶたを開くと、目に映ったのは見慣れない白っぽい天井だった。

身体がだるい。頭の中が重たくよどんでいる。蓮がぼんやりしていると、視界の端から、ふいに仁菜子の顔があらわれた。

「蓮くん、具合どう?」

「俺……」

「駅に人があつまってて、そしたら、蓮くんがたおれてたの」

少しずつ頭のなかが動きはじめてきて、ようやく蓮にも状況がのみこめてきた。どうして自分がベッドに寝かされているのか。

蓮は目だけ動かして、せまい室内を見わたした。スチールの棚《たな》や机、壁には機器のようなものがあり、パイプハンガーに作業着が何着もつるされている。駅でたおれたあと、構内の救護室かどこかにはこばれたらしいと、蓮にもわかった。

「ずっと、ついててくれたの？」

蓮はベッドに横たわったままで、枕もとにいる仁菜子にたずねた。

「心配だったから……」

「ありがとう」

蓮の声は半分かすれて、弱々しかった。気にしないでと答える代わりのように仁菜子は微笑《ほほえ》んで、首をちいさく横へふってみせた。

蓮が体を起こそうとしたので、仁菜子は手助けする。蓮のひたいへのせていたハンカチをとって、氷水を入れた洗面器のところへ持っていった。

「かっこ悪いよね……」

消え入りそうにつぶやいて、蓮はため息をついた。

「偉そうに、支えてやりたいなんて言っておきながら……。なにやってんだって話」

そう言って、自嘲《じちょう》するように眉《まゆ》を寄せる。

このところ、ずっと気がせいていた。学校にいても、バイト先でも。

いや、これくらい平気だ、もっとがんばれる、と思っていたけれど、とっくに自分の器《うつわ》をはみ出していたわけだ。

駅で気をうしなってたおれるなんて、みっともない。自分のことさえ満足にやれていないくせに、これで、支えるだの、力になりたいだの、聞いてあきれる。

顔をゆがめる蓮を、仁菜子はいたわるように見つめてから、

「そんなことないよ」

と、ちいさく首を横へふってみせる。

「いいんだよ、たまには。がんばらなくても」

そう言って微笑みかけながら、仁菜子は冷たい水でしぼりなおしたハンカチを蓮へさし出した。

「……そっか」

蓮の口もとに、わずかに笑みがもどる。

よかった、やっと少し笑ってくれた。そう安心してから、ハッと仁菜子は気がついた。

蓮のほうがはるかにしっかり者なのに、なんだかさとすようなことを言ってしまって恥

ずかしい。

「いや、あの、ちょっと今、偉そうだったね。なにか飲み物買ってくる」

仁菜子は財布《さいふ》をとり出して、部屋から出ていった。

蓮は濡れたハンカチを手に持って、仁菜子が部屋へもどってくるまで、身動きも忘れたようになってじっとそれを見つめていた。

窓の外はすでに暗くなっていて、家々やビルの灯りがきらめいている。

もう歩いてもだいじょうぶだと蓮が言うので、仁菜子はいっしょに帰ることにした。

夕方の混雑した時間帯はすぎていて、電車の中には空席がめだつ。扉近くのロングシートに、仁菜子と蓮はとなりあって腰をおろした。

ベッドで横たわっていたときにくらべると、蓮はずいぶん顔色が良くなっている。

仁菜子はひそかに、ほっと息をついた。

たいしたことなかったみたいで、ほんとうによかった。駅で人だかりがしているのをみつけて、たおれているのが蓮だと知ったときには、仁菜子も気をうしなってしまいそうになったくらいだった。

安心したせいか、仁菜子は急に眠気をおぼえた。寝ちゃいけないと思いながらも、うとうと体がゆれはじめる。

ふいに肩が重くなったのを感じて、蓮が横を見ると、仁菜子が頭をもたせかけてきていた。ゆり起こそうかと仁菜子のほうへ手をのばしかけて、途中でやめる。

そのままの姿勢でしばらく動かずにいるうちに、車内アナウンスが蓮のおりる駅の名前を告げた。

だんだんと電車の速度がゆっくりになっていって、ホームへ入る。

でも、扉が開いても、蓮は席を立とうとはしなかった。

ふっと一人で微笑むと、仁菜子の頭をゆらさないように気をつけながら腕組みをして、それから、まぶたを閉じる。

電車がホームを出て、再び速度をあげはじめる。

このまま、この姿勢のまま、静かに目を閉じて動かないで、電車のゆれに身をまかせていこう。

蓮はそう決めていた。

このまま、仁菜子が目をさますまで。

不規則にゆれながら、夜のなかを電車は進んでいく。

やがて、ガタンッと大きく車体がゆれたとき、ようやく仁菜子は目を開けた。

あれ？　なんか、景色がななめになってるような……？　ぼんやりとそんなことを思ったとき、

「起きた？」

ごく間近から、蓮の声が聞こえてきた。はじかれたように仁菜子は頭を起こして、いそいで背すじをのばした。

「ごめん！　ずっと寄っかかってた⁉」

寝顔を見られた！

ひどい顔をしてたんじゃないかとあわてていると、仁菜子のおりる駅名を告げるアナウンスが流れてきた。

「ってことは、蓮くんのおりる駅……。私が寝ちゃったせいで……。蓮くん、熱あるのに……」

「もうだいぶ下がったし。それに、俺も寝てたから」

「うそ」

仁菜子のことばに、蓮が目をみはった。

「気をつかって、起こすに起こせなかったんでしょ？」

仁菜子が察して言うと、蓮は答えに困ったようにだまりこむ。

「ごめんね」

消え入りそうな声であやまって、仁菜子はうつむいた。

どれだけあやまっても、あやまりたりない。ほんとうなら、電車の中でまた蓮の具合が悪くなったりしないか、気をつけてあげなければならなかったのに。自分のほうが眠りこけてしまうという大失態。しかも肩に寄りかかって迷惑をかけたうえに、乗りすごさせてしまうなんて……。

でも、蓮はくちびるの端に笑みをうかべて、

「ほんとうに、俺も寝てたから。だから、あやまんないで」

あくまで、そう言ってゆずらなかった。

まもなく、電車がホームへ停まった。

仁菜子と蓮は、いっしょに電車からおりる。そして、二人でならんで連絡通路まであがったところで、

「じゃあ、ここで」

と、蓮は足を止めた。

「えっ、ホームまで行くよ。せめてお見送りくらい」

「これ以上遅くなると危ないから、帰りな」

「でも……」

「だめ。今日は、いつもより遅いんだし」

「……じゃあ、気をつけてね」

「木下《きのした》さんも」

蓮は背を向けて、反対側のホームへつづく階段のほうへ歩きはじめた。仁菜子は連絡通路にとどまって、蓮を見送る。

一人で階段をおりていった蓮は、途中でふと足を止めると、自分の右肩をそっと手でふれた。さっき間近にあった、おだやかな仁菜子の寝顔が目の前にうかんでくる。

それをふりはらってホームまでおりたとき、

「蓮くん！」

ふいに呼びかけられて顔をあげると、階段の上まで仁菜子がきていた。

「やっぱり見送るよ！」

早口で言うが早いか、仁菜子は階段を駆けおりはじめる。足もとをよく見もせずにいそいでいたら、靴《くつ》のかかとが階段の端にのってすべってしまった。ぐらりと体がかたむく。

「わっ！」

声をあげた仁菜子のもとへ、とっさに蓮は飛び出していた。仁菜子に向かって、大きく両手をひろげる。

蓮に抱き止めてもらったおかげで、あやういところで、仁菜子は階段からころげおちるのをまぬがれた。

「びっくりした……」

仁菜子をしっかり抱き止めながら、蓮は深々と息をついた。蓮の声が、仁菜子の耳もとにひびく。

「すみません、いつもこんなで……」

もうほんとに恥ずかしい、また失敗しちゃって……と、仁菜子はいそいで蓮から離れようとした。

でも、できなかった。

蓮の腕に力がこめられて、動けない。仁菜子は息をのんだ。もうころげおちる心配はないのに、蓮は仁菜子を離さない。

腕のなかにいる仁菜子を、蓮は強く抱きしめる。

何秒もじっと身動きせずにいたあと、蓮はわれに返って腕から力をぬいた。目の前で仁菜子は、まばたきも忘れたようになっている。

今、俺はなにをしてたんだ……？　蓮は自分のしたことに、自分でとまどう。意識してやったことじゃなかった。気がついたら、両腕に力がこもっていた。そんなつもりなかったのに……。

「今日はほんとに遅いから、もう帰りな」

とまどいをかくすように、蓮は視線をはずした。

「うん……」

「じゃあ」

蓮は会釈《えしゃく》してから背を向けて、一人でホームの先へ歩いていく。

仁菜子は階段へもどっていったけれど、連絡通路まではあがらなかった。階段の途中で立ち止まって、ホームを見つめる。

やがて、電車がやってきて、蓮を乗せて走り去っていった。

線路をゆるがす音が消えたあと、仁菜子は再び階段をおりていって、人影のなくなったホームをながめた。

目の前に、蓮の面影《おもかげ》がゆれる。

さっき、強く抱きしめられたように感じたのは、気のせい……？　そう思い返すと、ヒ

みがえる。

「人って、けっこう欲ばりなんだよ」——安堂につきつけられたことばが、頭のなかによ
ビが入るようなあの痛みがまた胸に走る。

「ちがう……、そんなんじゃない」

仁菜子はあらがうように、声に出してつぶやいた。

「でも、蓮にはカノジョがいる」——安堂のことばが、またよみがえってくる。まさに今、
すぐそばで言われているように聞こえてくる。

わかってる。欲を出したりなんてしない。友達でいられるだけでいい。彼女がいるなん
て承知のことだったんだから。

けんめいに心のなかで言い返しても、安堂の声はまだ聞こえる。さらに大きくなって、
仁菜子の反応を楽しむように、何回も、何回もくり返される。ちゃんとわかってるの？
ほんとに？

「わかってるよ……！」

とうとう、ホームのまんなかで、仁菜子は声をはりあげた。なかば悲鳴のように、電車
の走り去った線路へ向かってさけんだ。安堂の声を無理やりかき消そうとして、ありった
けの力をふりしぼって——。

その夜。

仁菜子は自分の部屋にこもって、携帯電話につけてあるストラップを見つめていた。

これを蓮からもらったときには、すごくうれしくて、見るたびに心がはずんだものだった。でも、今は、このストラップを目にするのが苦しい。

肩に、背中に、蓮の腕の感触が残っている。

でも、あれはそんなじゃないんだ、と、仁菜子は自分に言い聞かせる。

あれは、危なかったから、うけ止めてくれただけ。抱きしめられたように思ったのも、きっと気のせい。

電車の中でずっと肩を貸してくれていたのも、友達として、やさしくしてくれただけ。

麻由香のために、蓮がたおれるほどがんばっているのだから、友達だったら応援してあげなきゃいけない。

だから――。

もっと、ぴったりと閉じこめなくてはいけない。

胸に入ったヒビから、想いがこぼれたりしないように。ほんの一滴もこぼれないよう、ぴったりと封じなくてはいけない。

仁菜子は携帯電話をとりあげると、蝶《ちょう》のストラップをはずした。

机の上に置いてある小箱の中へ、ストラップを入れる。もう一度じっと見つめたあと、仁菜子はそっと小箱のふたを閉めた。

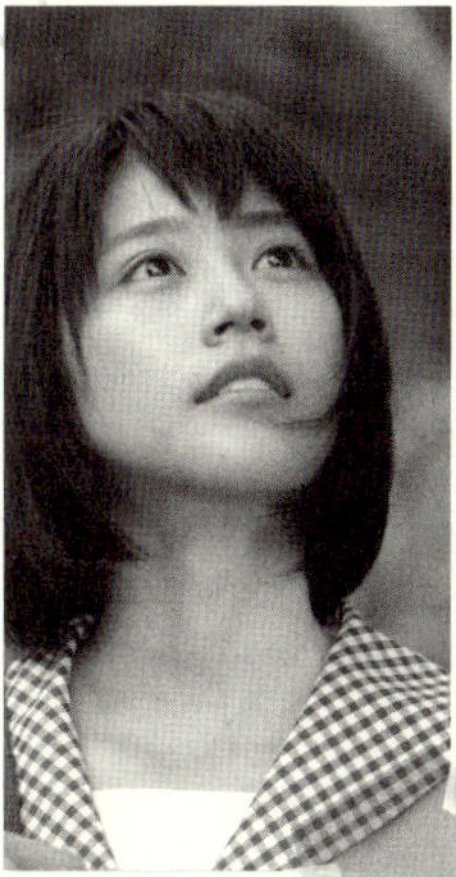

scene 5
二人きりの海

麻由香《まゆか》の今日の仕事は、ファッション雑誌の撮影だった。

モデルたちのほか、カメラマン、ヘアメイク、スタイリスト、それぞれの助手、たくさんの人たちがいそがしく立ちはたらいている。

モデルをはじめた最初のころは、正直なところ、麻由香は仕事の現場を少々にがてに思っていた。

たくさんの人があわただしく動いていて、ときにはきびしい叱責《しっせき》の声が飛ぶ。そのはりつめた空気に気おくれがした。

撮影がはじまってスタッフの射《い》るような視線が自分一人に集中すると、手足がふるえてしまって、逃げて帰りたくなったこともある。

でも、今はもう、現場でおじけづいたりしない。

最高の写真が撮れるように、みんながそれぞれの役割をけんめいにはたそうとしている。だから、ときには怖いほどに神経をとがらせている。そう思えるようになると、自分もその場に参加していることが誇らしくなってきた。

今では、現場の緊張感を、むしろここちよく感じるようになっている。

「麻由香」

ひとしきり撮影を終えたあと、つぎの出番にそなえて麻由香が鏡の前にすわって休けいをとっていると、マネージャーに声をかけられた。

「はい」

ひろげていた雑誌から顔をあげて、麻由香はマネージャーをふり返った。

「七月三十日、空けといてくれる?」

そうたずねるマネージャーは、どことなくうれしそうな表情にも見える。

「なにかあるんですか?」

麻由香の問いに、マネージャーはあるブランドの名前を出して、

「パーティーがあるの。あいさつ行っておいたほうが、今後の仕事につながると思うんだ

けど。どう？」

「行きます！」

麻由香は迷うことなく、身をのり出すようにして答えた。

マネージャーが名前を出したのは、人気上昇中のブランドで、そこの服は個人的にも麻由香はすてきだなと思っていた。自分でも好きなブランドの仕事が増えるかもしれない。

そう思うと、わくわくしてくる。

「じゃあ、あとから招待状わたすから」

マネージャーも同じような気持ちでいるらしく、口もとには笑みがうかんでいる。

忘れないようにしなくちゃと、麻由香はすぐにバッグからスマートフォンをとり出した。

でも、スケジュールを表示させたところで、操作する手が止まった。七月三十日の欄《らん》には、すでに予定がしるされている。

『蓮《れん》と花火大会』。

そうだった、と麻由香はようやく思い出した。

七月三十日の花火大会は、前々からいっしょに行こうと蓮と話していて、麻由香も当日は浴衣《ゆかた》を着るつもりで楽しみにしていたけれど……。

「マユカさーん、お願いしまーす」

スマートフォンの画面を見つめている麻由香に、スタッフが声をかけてきた。

「はい！」

麻由香は明るい声をつくって返事をすると、いそいでスマートフォンをカバンの中へかたづけた。


つぎの休日の午後。

麻由香は蓮をさそって、車で海まできていた。

今日は、蓮に言わなければいけないことがある。でも、なかなか切り出せない。どのタイミングで言おうか。海沿いの道路をドライブしたり、カフェへ寄ったりしているあいだも、ずっと気にかかっている。

それを感じとってか、蓮のほうもいつもより口数が少ない。二人ともだまりこみがちで、会話がはずまない。

車からおりて砂浜へ向かうと、ほかに人影はなかった。

まるで貸し切りのような砂浜を、蓮と麻由香はならんで歩いていく。泳ぐにはまだ少し早いけれど、シャツ一枚で潮風に吹かれても肌寒さを感じることはない。散歩するには、ちょうどいい気候だった。

もう日没時刻がせまっていて、水平線近くに、あざやかなオレンジ色をした太陽が輝いている。

どちらからともなく足を止めて、二人は夕ぐれの光にきらめく波をながめた。海をわたってきた風が髪をあおる。

深呼吸をした蓮が、なにか気づいたように目をしばたたいた。

「あ……」

「ん？」

「風が、夏の匂《にお》いに変わってきたなって……」

「そうかな？　わかんないよー。ふふっ、蓮、犬みたい」

麻由香はちいさく笑って、蓮を見つめる。それから、ふっと視線をはずして、ためらいがちにつぶやいた。

「……あのね、花火大会、仕事で行けなくなっちゃったって言ったら、怒る？」

このことが、今日はずっと気にかかっていた。もっと早くつたえるべきだったけれど、メールや電話では言いづらくて今日になってしまった。

「そうか。仕事ならしょうがないね」

すぐに、蓮はそう答えた。

「……いつも、私に合わせてもらってばっかりだね」

花火大会のことだけじゃない。なにをしたいか、どこへ行きたいか、なにを食べたいか、なんでもまず麻由香にたずねてくれる。夜に会うときには、いつも蓮がマンションまできてくれる。

いつも、麻由香の気持ちと都合を第一にしてくれる。蓮のほうから、わがままを言うことはない。

「合わせられるほうが、合わせればいいじゃん」

なんでもないことだよ、と言いたげに蓮は答えて、水面《みなも》にはじけるまぶしい陽射しに目をほそめた。

蓮の横顔を、麻由香はじっと見つめる。

今日、花火大会へ行けなくなったことを蓮につたえるまでに、麻由香は何度もふり返って考えた。

花火大会へ行けないのは、予定を確認しなかったせいだけ？

もしも、マネージャーに返事するより前に、七月三十日の予定に気がついていたら？

それでも、やっぱり、パーティーに「行きます」と答えたかもしれない。

あのブランドの仕事につながるなら、なにをおいてもパーティーへ行きたい。それが、自分の心の奥を見つめて気づいた本音だった。

蓮はだまって、水平線へ目をやっている。

すぐそばにいるのに、どこか蓮を遠く感じる。ひさしぶりに二人で休日をすごしているのに。貸し切りのような海に、二人きりでいるのに。

ふいに、蓮のすがたが夕ぐれの光のなかへかき消えてしまいそうな感覚におそわれて、麻由香は無言で後ろから蓮に抱きついた。蓮の背中へ、じっと頬《ほお》を押しあてる。蓮のぬくもりをたしかめるように。

「どうした?」

蓮が微笑《ほほえ》みながら、麻由香へ問いかける。蓮の微笑みは、いつもやさしい。怒ったことも、なじったこともない。

「ううん、なんでもない……」

麻由香はゆっくりと体を離すと、蓮の手をとってとなりへならんだ。二人きりの砂浜に、波の音だけがひびいている。

「きれいだね……」

水平線にしずみはじめた夕陽をながめながら、蓮がつぶやいた。夕陽と溶けあって、海は一面燃えあがるようだ。

「うん……」

麻由香もうなずいて、長い髪を潮風に遊ばせる。

だんだんと夕陽が深くしずんでいき、空の端のほうから薄闇がひろがっていくのを、二人は手をつないで見つめている。

scene 6 花火の夜に

一学期も終わりが近づいてきて、仁菜子《になこ》たちの高校では、今日は期末テストがおこなわれていた。

せきたてるようなセミの鳴き声を耳にしながら、二年四組の生徒たちもひたすら答案用紙にシャープペンを走らせている。

やがて、教室にチャイムが鳴りひびいた。テストのときは、チャイムがいつもより大きく聞こえる。

「はい、そこまで。答案用紙、前へ送って」

テスト監督の教師が指示すると、生徒たちからはいっせいに、どよめきとも、ため息ともつかない声があがった。

ぜんぜんできなかった、あそこが出るとは思わなかった、ヤマが当たった、はずれた。近くの席の生徒どうしで顔を見あわせて、今終わったばかりのテスト問題について口々に言いあう。

でも、たばねた答案用紙を持って教師が出ていくと、生徒たちの気分はすぐに切り替わった。

「やっと終わったー」

「とにかく、終わった、終わった」

解放感にあふれた声をあげて、思いきり背のびをする。

テストの結果と通知表が気にはなるけれど、それはひとまず忘れて、生徒たちの心は早くも夏休みへ向いている。


つれだって教室から出ていくクラスメイトたちの笑い声やおしゃべりを耳にしながら、仁菜子は自分の机で学級日誌を書きはじめた。

男子の日直当番に当たっているのは安堂《あんどう》で、めんどうくさそうにしながら教壇《きょうだん》のほうへ出ていく。

図書室での一件以来、ほとんど安堂とはしゃべっていない。無視しているわけではないけれど、間近で顔をあわせるのは気が進まなかった。

安堂は手に持った黒板ふきをぶらつかせていて、てきぱき動こうとしない。黒板の文字を消しかけては、ちらちらと仁菜子のほうをふり返っている。

「早く終わらせないと、帰れないよ」

クラスメイトたちが教室にいなくなったところで、仁菜子は日誌を書きながら安堂をうながした。

安堂はだまって仁菜子を見つめていたあと、ぽつりとつぶやいた。

「こないだは、ごめん……」

仁菜子はこたえずに、日誌を書き進める。安堂は神妙な表情になると、もう一度、仁菜子にくり返した。

「仁菜子チャンの気持ちも考えず、言いすぎた。ごめん」

その声には、いつもの軽い調子はない。気まずい雰囲気《ふんいき》をなんとかしたいと安堂が思っていること、それは本心だとつたわってくる。

仁菜子はシャープペンを持った手を止めて、顔をあげると短く言った。

「許す」

仁菜子のきっぱりとしたことばに、安堂は目をみはっている。仁菜子はしっかりした口調で、さらに安堂に言った。

「私のこと思って、言ってくれたんでしょ？　ありがとう」

あのときの安堂の言いかたには、正直、腹がたった。でも、言われたことそのものは、けっしていじわるでもいやがらせでもなかったと、このごろでは仁菜子も思うようになっている。

ひとことも責められないのが予想外だったのか、安堂はしばらく無言でいたあと、仁菜子の席のほうへ歩み寄っていった。

机の上に置かれている携帯電話に目をとめて、安堂はちいさな変化に気づいた。蝶《ちょう》の形のストラップがはずされている。

でも、気づいてもそれを口には出さないで、そばの机の端に腰かけながら、静かな声で話しはじめた。

「俺も……、つらい恋、したことあるからさ」

「えーっ？　安堂くんが？」

意外な話に、思わず仁菜子は問い返した。

「中学ンとき、つきあった子」

「なんだ、ちゃんとつきあったんじゃん」

つらい恋なんてちょっと大げさだなあと、仁菜子は少し笑った。でも、安堂は硬い表情をくずさずにつづけた。

「けど、彼女がホントに好きだったやつは俺の親友で、そいつに近づくために、おれを利用したんだ」

それを聞いて、仁菜子の顔から笑いが消えた。

「そんな……」

「最初から最後まで、俺のことなんて見てなかった。で、ある日、彼女と親友に裏切られた。俺がいないときに、二人は……、キスしてたんだ。ハハッ、それからは、てきとうにしか女の子とつきあえなくなった」

安堂は頬をゆがめて、自嘲《じちょう》する。淡々と語ってはいるけれど、作り話などでないことは仁菜子にもわかった。

彼女と親友のひどいしうちに、どれほど安堂が傷ついたか。それを思うと、なにを言ったらはげませるのか、仁菜子にはことばがみつからない。

安堂はしばらくだまりこんでいたけれど、机からおりると、仁菜子の席の正面まで行った。それから、前の席のイスに後ろ向きにすわって、仁菜子のほうへ身をのり出すように

すると、

「でもね、だからこそ、今の恋はがんばるって決めたんだ」

仁菜子とまっすぐに目を合わせて、声を明るくした。今の恋、ということばにとくに力をこめる。

「そっか……」

強調した意味を察することなく仁菜子がうなずくのを、安堂は少し笑みをうかべながらじっと見つめている。


日誌を書き終わったあと、黒板ふきをそうじしたり窓を閉めたりして日直の仕事をすべてすませると、仁菜子と安堂はいっしょに学校を出た。

「仁菜子チャン、花火大会、どうすんの？」

帰り道をならんでたどっていると、安堂はそんなことをたずねてきた。

まだ一学期は十日以上あるけれど、テストが終わったので、安堂もすでに気分はすっかり夏休みらしい。

「ああ……、さゆちゃんは中学のときの友達と約束してるみたいだから、私はつかさといっしょに行く予定」

「じゃあ、俺もいっしょにまぜてよ」

「いいけど……、つかさにもきいてみないと……」

「じゃあ、七時に集合ね！」

安堂はもう相談がまとまったような口ぶりで、勝手にさっさと集合時間と待ち合わせの場所まで決めてしまった。「きいてみないと」と言っているのに、その部分はすっかりスルーされている。

花火大会、蓮《れん》くんはどうするのかな？

綿菓子をちぎったような雲のうかぶ空をあおぎながら、ふっと仁菜子は考えた。

やっぱり、観に行くんだろうな。つきあってる子たちは、花火大会の日はたいていいっしょに出かけるみたいだから。

蓮くんも、きっと、麻由香《まゆか》さんと行くんだろうな……。


七月三十日の夜。

麻由香がマネージャーといっしょにパーティー会場についたときには、すでにたくさんの招待客があつまっていた。

今夜のパーティーは、しゃれたレストランを貸し切っておこなわれている。

花の飾られたテーブルには凝《こ》った料理が何皿もならべられ、シャンパン、ワインがふんだんに用意されている。招待客のなかには、有名なデザイナーや売れっ子モデルのすがたもあった。さすがに人気上昇中のブランドのパーティーだけあって、華やかさと活気があふれている。

にぎやかな会場を麻由香が見わたしていると、

「いらっしゃい！　よくきてくれました」

仕立てのいいスーツを着こなした男性が、客のあいだをぬうようにしながら歩み寄ってきた。このブランドの責任者だった。

「是永《これなが》麻由香です。よろしくお願いします」

麻由香は姿勢を正してから、深くおじぎをした。

「ずっとお会いしたかったんですよ」

責任者の男性はそう言って、麻由香と目線を合わせながらつづけた。

「じつは、来年のうちのイメージ・キャラクター、ぜひマユカさんにお願いしようと思っていまして」

「ほんとうですか？　ありがとうございます！」

思いがけない申し出に麻由香は声をはずませて、あらためて深々と頭をさげた。

「よろしくお願いします！」

となりにいるマネージャーはさっと右手をさし出して、責任者の男性とかたく握手を交わしている。

「じゃ、またのちほど」

責任者の男性が会釈《えしゃく》をして立ち去ったあと、麻由香とマネージャーは顔を見あわせて、手をとりあってよろこんだ。パーティー会場でなかったら、二人で歓声をあげて飛びはねていたかもしれない。

このブランドの仕事が増えたらいいなくらいのつもりだったのに、イメージ・キャラクターに選んでもらえるなんて思ってもいなかった。まだ経験の浅い麻由香を抜擢《ばってき》してくれたというのは、それだけ期待してくれている証拠だった。

これまでで、いちばん大きな仕事だ。

きっと来年には、ブランドの店舗《てんぽ》をはじめ街中のあちこちにも、麻由香の写真がならぶことになる。

自分が、あのブランドを代表する顔になる。

選んでもらったからには、責任がある。これまで以上に、体重管理に気をつけなくては。撮影のときに肌が荒れたりしていないよう気をつけなくては。気合いを入れて最高の仕事がしたい、そんな気持ちが湧いてくる。

　ふっと麻由香の胸に、蓮の顔がうかんだ。

　今、このあいだにも、自分との旅行費用のためにがんばってくれているはずの蓮のすがたが――。


　蓮がバイトしているカフェは、今夜はいつも以上にはやっていた。これから花火を観に行くらしい浴衣《ゆかた》すがたの客が何人もいる。

　前々から七月三十日は休みたいとたのんであったけれど、麻由香に仕事が入ったと聞いて予定を変えた。花火大会の日は人手が多いほうが助かるということで、オーナーはむしろありがたがっている。

　白いシャツに黒いロングエプロンという制服を身につけて、蓮が客の帰ったテーブルをかたづけていると、また一人、客が入り口をくぐってきた。

「いらっしゃいま……」

　反射的にそちらへ声をかけようとして、途中でことばを止めた。

　入ってきた客は、安堂だった。

「安堂……」

つぶやいた蓮のもとへ、安堂は歩み寄ってくる。安堂はくちびるをひきむすんでいて、お茶を飲みにきたという雰囲気《ふんいき》ではない。

「俺、仁菜子チャンのこと好きになったから。本気で」

いきなり安堂はそう言うと、スマートフォンにアドレス帳を表示させて蓮につきつけた。アドレス帳には、一件しか登録されていない。

仁菜子の名前だけだった。

「仁菜子チャン以外、ぜんぶ消去だ！」

どうだ、という表情になって、安堂は蓮の反応を待つ。蓮はスマートフォンの画面へ目をやって、それから安堂へ低く問い返した。

「……わざわざ、それ言いに？」

「またこんなふうに人を好きになれるなんて、思ってなかった」

「……なんで、そんなこと、俺に話すんだよ」

蓮は安堂から視線をはずすと、再び、テーブルの上をかたづけはじめた。

「おまえ、そういうとこ、昔からぜんぜん変わんねーのな」

挑発するような調子で安堂が言っても、蓮はかたづけの手を休めない。

「まあ、どうでもいいけど」

そっけなく、安堂は言い放った。

そのとき、また一人客が入ってきたけれど、テーブルに視線をおとしていた蓮は、その客が近くへくるまで気がつかなかった。

「蓮くん……」

聞きおぼえのある声に、蓮は手を止めた。顔をあげたところに立っていたのは、浴衣すがたの仁菜子だった。

「木下《きのした》さん……」

どうして、仁菜子がここへきたのか。とっさに事情がつかめなくて、蓮は目をみはっている。

思いがけず顔をあわせておどろいているのは、仁菜子も同じだった。

安堂が待ち合わせに指定してきた店が、蓮のバイト先だとは知らなかった。それに、今日はきっと、麻由香といっしょだろうと思っていたのに……。

仁菜子の心臓が、大きく波うちはじめる。蓮の顔を見るだけで、わけもなく涙がにじんできそうになる。

どちらも口を開かず、蓮と仁菜子は見つめあう。

そんな二人のようすを安堂は見やってから、仁菜子のとなりへ寄っていった。

「あれ、つかさちゃんは？」

「今、電話があって、なんか風邪《かぜ》ひいちゃったんだって……」

「そっか。じゃあ、行こうか」

安堂は仁菜子の背中に手をあてて、ドアのほうへうながした。仁菜子にふれる安堂の手に、蓮の視線がひきつけられる。

「う、うん……」

あいまいに返事しながら、仁菜子は蓮のほうをふり返った。

このまま出かけるのは、なんとなく気にかかる。でも、蓮になにを言いたいのか、自分でもはっきりわからない。

もたついている仁菜子をせかすように、安堂は背中を押してくる。それにうながされて、なにも言えないまま、仁菜子は安堂といっしょに店を出た。


紫色に暮れた夏の空に、色とりどりの花火が咲く。

川沿いの道には屋台がならんでいて、河原から堤防まで、たくさんの見物客があつまっている。

安堂とならんで歩きながらも、仁菜子は蓮のことを考えていた。

蓮と間近で顔をあわせると、平然としていられなくなる。泣きそうな顔なんてしちゃだめだ、もっとぴったりと想いを閉じこめなくちゃと思っているのに、うまくいかない。湧きあがる想いを封じきれない。

「想うだけでいいんなら、あんな顔すんなよ」

蓮のことで頭がいっぱいになっているのがわかったのか、安堂がまた厳しいことばをつきつけてきた。

「わかってるよ……」

「わかってないだろ」

仁菜子の心を見透かしたように、はっきりと安堂は言った。

それ以上、仁菜子は言い返せなかった。

安堂の言うとおりなのかもしれない、と思えてくる。「いずれ限界がくる」という、あのことばもふくめて――。

「私……、〝好き〟って気持ち、軽く考えてた。ほんとうは、もっと覚悟が必要だったんだね」

ゲタをはいた足もとへ目をおとしながら、仁菜子はつぶやいた。

「このままじゃ、つらくなるだけだよ」

先は見えているとばかりの安堂の口調に、仁菜子の心がゆらぐ。否定したくても、「そんなことない」とは、もう今は言いきることができない。

そうなのかもしれない。

これから、もっとつらくなっていくのかもしれない。

そうして、いつか、限界がくるのかもしれない。もう耐えられないところまでいってしまったら、どうなるんだろう……。

「じゃあ、どうしたらいいの？」

途方にくれるような思いで、仁菜子は安堂に問いかけた。

「だから、ふっきる努力も必要だって。ほかのだれかを利用してでも……」

「ほかのだれかって？」

安堂は口もとに笑みをうかべながら、仁菜子の顔をのぞきこむようにする。それから、二、三歩先へ行ったあと、仁菜子のほうへ向きなおって、俺、俺だよ、と自分を指さしてみせた。

「そんなズルいこと、できないよ……」

仁菜子は顔をしかめた。

冗談半分にしたって、「それはいいね」なんて答えることはできない。ほかの人を道具みたいにあつかうようなこと、できるわけがない。

安堂が仁菜子の前までもどってきて、さらになにか言おうとしたとき、

「拓海《たくみ》くん？」

ふいに、安堂の名前を呼ぶ女の子の声が聞こえた。

仁菜子と安堂がそろって声のしたほうへ向くと、そこには、花模様の浴衣を着た女の子がいた。

年ごろは、やはり高校生くらいに見える。全校生徒を知っているわけではないけれど、仁菜子には校内で見かけた記憶はない。でも、その女の子を見て、安堂の顔からは急に笑みが消えていった。

「やっぱり。こんなところで会うなんて、すごい偶然」

親しみのこもる声で、女の子は安堂に向かって話しかけてくる。

「真央《まお》……」

ぼう然としたように女の子を見つめながら、安堂はつぶやく。

「友達？」

仁菜子がたずねると、安堂よりも先に、真央と呼ばれた女の子が仁菜子のほうを向いて答えた。

「中学の後輩です。拓海くんの彼女さんですか？」

「いえ……」

仁菜子は首を横へふってから、安堂の顔を見やった。

拓海くん、真央、と親しげに名前を呼びあっているのに、なぜか、女の子に向ける安堂の表情はこわばっている。

「……つーかさあ、よく俺に話しかけられたよね」

安堂がうめくように言うと、女の子の顔からも笑みが消えた。女の子は悲しげに眉《まゆ》を寄せながら、じっと安堂を見つめる。

「なに、その顔。そういう顔すれば、何度でもだませると思ってんの？」

女の子のまなざしをはねつけるように、安堂は強い口調でなじると、

「ふざけんな！」

鋭くひとこと投げつけて、女の子に背中を向けた。荒っぽい足どりで、人の波をつっきるように歩きはじめる。

「安堂くん！」

仁菜子が呼びかけても、安堂は足を止めない。仁菜子はいそいで、安堂のあとを追いはじめる。

真央という女の子は二人を見送りながら、だまってその場に立ちつくしていた。

見物客で混みあう川沿いの道を、安堂は足早に歩いていく。

まわりの人に何回も肩をぶつけて、「あぶねぇぞ！」とかもんくをつけられても、安堂はかまわずつっきっていく。

仁菜子は慣れないゲタでよろめきそうになりながら、安堂のあとを追っていく。

混みあったあたりをすぎて、いくぶん人通りの少ない歩道橋の上まで行ったところで、安堂はようやく足を止めた。

安堂は手すりに寄りかかって、険しい表情を眼下の道路へ向ける。

「ねえ、どうしたの？」

仁菜子はとなりへ行って、安堂の顔をのぞきこんだ。それでもまだ安堂はだまりこんでいたけれど、やがて、かすれた声でつぶやいた。

「さっきのが……、例の中学ンときの元カノ」

仁菜子は息をのんだ。

あの子が、安堂を利用したという女の子。

でも、とてもかわいい子で、明るくて、ほがらかな感じで、だますとか裏切るとか、そんなこととはほど遠いように見えたのに。外見と中身はべつもの、ということなんだろうか……。

「ズルいってのはさあ、ああいうやつのこと言うんだよ」

安堂はまた吐き捨てるようになじってから、ふっと肩をおとした。安堂の表情が弱々しいものに変わる。

「あんなふうにキレるなんて、ダセーな、俺」

車のヘッドライトが流れていく道路をながめながら、安堂はつぶやく。うなだれる安堂を見つめてから、仁菜子は言った。

「ダサくないよ」

「えっ？」

「それだけ彼女のこと、大好きだったってことだよ。だから、裏切られたのがショックだったんでしょ？」

仁菜子のことばに、安堂はじっと耳をかたむける。またしばらくだまりこんでから、安堂は話をつづけた。

「でも、悪いのは俺なんだ」

「どういうこと？」

「真央の一番になる努力もしないで、その恋からさっさとおりた俺が、いちばんダメ。その親友のことも許せなくて、つき放した」

「……」

「どっちもだいじにしてたんだけどね。マジ、ダセー」

自嘲《じちょう》する安堂のすがたが、仁菜子には痛々しかった。

裏切られた傷は、まだ癒《い》えてはいない。いまだにうずいてたまらないんだと、仁菜子にもつたわってくる。それなのに、安堂は自分を責めている。

それは、たぶん、真央をすごく好きだったから。だから、いまだに、すぎてしまった昔のことにはできないでいる。

「……安堂くんは、ダサくないよ」

仁菜子はもう一度、ゆっくりとくり返した。

「だって、いちばん傷ついたのは、安堂くんなのに……。だいじな人を許せなくて、そんな自分を責めて……」

「……」

「そういうのをかくして、いつも笑顔で、でも、ほんとうは苦しんで……」

そこでいったん仁菜子はことばを切って、それから、力をこめて安堂に言った。

「だから、ちっともダサくないよ！」

突然、仁菜子の視界がふさがれた。

一瞬、なにがあったのかわからなくて、息をのむ。安堂の両腕のなかに、仁菜子は強く抱きすくめられていた。

「好きだよ……」

安堂のささやきが、耳もとに聞こえる。

「蓮を想う気持ちなんか、俺がぜんぶ消してあげる」

「……そういう冗談、言わないほうがいいよ」

仁菜子が体を離そうとしても、安堂は腕をゆるめなかった。さらに力をこめながら、仁菜子につぶやく。

「本気で言ってる。だから、俺を利用していいよ」

「そんなこと、できないよ……」

この告白は、冗談なんかじゃない。

それは、もう、仁菜子にもわかっていた。

同じクラスになった初めのころは、安堂のことは、なんだかチャラチャラした男子だなと思っていた。でも、今は、それは表面的なことにすぎなくて、ひたむきな心を秘めているのを知っている。

だからこそ、安易な返事はできない。

真剣な気持ちだからこそ、なおさら利用なんてできない。

「返事は、今は要らない。すぐにオーケーもらえると思ってないし……。でも、そのうち、きっと、〝限界〟がくるよ」

静かに安堂はそう言って、やっと力をゆるめた。

抱きしめていた両腕をゆっくりとほどくと、仁菜子を歩道橋の上に残して、安堂は立ち去った。

仁菜子は一人で、川沿いの道をぼんやりと歩いていく。

ひときわ大きな歓声がまわりであがって、それにつられて空をあおぐと、連続して打ち上げられた花火がいっせいにみだれ咲いていた。

まばゆくきらめき、そして光の粒になって散っていくさまを、仁菜子は立ち止まって見つめる。

蓮を好きになった初めのころは、悩むことなんて、かけらもなかった。

蓮のすがたを見かけるだけで、うれしくて気持ちがはずんだ。話ができたり、やさしくしてもらったりすると、もっともっとうれしくなった。

ふられたって、つきあっている人がいたって、好きって気持ちはゆるがない。むくわれなくても、ぜんぜんむなしくなんかない。

好きなものは、好き。

恋するって、こんなに楽しい。

そう思っていたのに……。

自分がどんなに想いをつのらせても、それは蓮には関係ないこと。それを思うと、苦しくなった。そのうち、蓮に微笑みかけてもらったり、親切にしてもらうことさえ、苦しく感じるようになった。

うれしいのに、同時に、苦しい。

恋を知らなかったときには、想像もしていなかった。好きな人からやさしくされることが、苦しかったりするなんて……。

花火が散ったあとの夜空に、ふっと、蓮の顔が思いうかんだ。カフェでこちらを見ていた、蓮のまなざしが思い出される。

気がついたとき、仁菜子の足は、蓮のいるカフェをめざしはじめていた。

見物客の人波をかきわけるようにして、仁菜子は進んでいく。

会ってどうしたいとか、なにを話したいとか、はっきり考えたわけじゃない。でも、足が蓮のいる場所をめざしていく。

蓮がバイトしているカフェは、通りに面した部分が大きなガラス張りになっている。でも、店内から花火をながめることはできない。地響きのような低い音だけが、くり返しガラスの向こうからひびく。

花火があがっているあいだは客は少ないが、終了すると、花火帰りの客がいっせいにやってきてたちまち満席になる。それに備えて、空いている席のテーブルをていねいにふきなおしたり、ごみが残っていないか、イスが汚れたりしていないか、と点検してまわっている。

てきぱきと立ちはたらきながらも、蓮はほかのことを考えていた。

寄りそうように出ていった仁菜子と安堂のすがたが、目の前にちらついている。

二人きりで出かけたからといって、自分が口を出すことじゃない。そう自分に言い聞かせてみても、なぜか気になっておちつかない。

カップルの客がレジをすませて出ていったのと入れちがいに、また一人、客がドアをくぐってきた。

「蓮！」

明るい声で呼びかけられて顔をあげると、入り口のところで、麻由香がちいさく手をふっていた。

近くの席にいた女性客たちが目ざとく気づいて、ちらちらと麻由香のほうをうかがう。

「ねえ、あれ、モデルのマユカじゃない？」「やっぱきれいー！」などと、ため息まじりにささやきあっている。

そんな声や視線を気にとめることなく、麻由香は蓮のほうへ歩み寄ってきた。

わざわざ店までくるなんて、なにかトラブルでもあったのかと蓮は身がまえたけれど、麻由香の表情は明るい。

「ごめんね、いきなりきちゃって」

麻由香は少し声をひそめながら、窓ぎわの席に腰をおろした。いつものように、飲み物だけを注文する。

蓮がアイスティーをはこんでいくと、麻由香はカフェまでたずねてきたいきさつを話しはじめた。今夜は仕事先のパーティーがあったこと、そこのブランドはとても人気があって注目されていること、などを説明する。

「そう、それでね、そのブランドの、来年のイメージ・キャラクターをやることになったんだぁー」

「すごいじゃん。よかったね」

「うん！」

麻由香は頰《ほお》をゆるめて、大きくうなずいた。ほんとうにうれしそうだなと蓮は思いながら、麻由香の笑顔を見つめる。

麻由香のこんな笑顔は、ひさしぶりだった。父親の再婚話がもちあがって以来、ずっと麻由香は表情がさえなかった。二人で会っているときにも、麻由香は笑顔を見せてはいたけれど、その奥にあるかすかな翳《かげ》りが消えることはなかった。

でも、今夜はちがう。

瞳に強い輝きがもどっていて、生き生きとしている。大きな仕事をあたえられて、意欲に燃えていることがつたわってくる。

どうしたら麻由香の気分をひきたててやれるか、旅行くらいしか思いつけなくて、もどかしかったけれど……。

でも、麻由香が元気になれたのなら、よかった。きっかけが仕事でも、麻由香がうれしそうなら、それだけで——。

仁菜子はきたときの道を一人で逆にたどっていって、蓮のいるカフェの近くまでもどってきた。

なにかにつき動かされるように、ここまできたけれど……。でも、いざ入り口の前に立つと、ドアを開けるのがためらわれる。

通りに面した窓へ目をやると、ダウンライトに照らされた店内がうかびあがるように見えている。入り口から離れて、おずおずと窓の前へまわってみると、すぐに蓮のすがたが目についた。窓ぎわのテーブル席で接客している。

仁菜子は近寄ろうとしたけれど、蓮が応対している客がだれなのかに気づいて足が止まった。

テーブル席についているのは、麻由香だった。

花火大会へはいっしょに出かけなくても、二人は今夜も会っていた。

窓のガラスにはばまれて、二人の声は聞こえない。でも、楽しげな雰囲気《ふんいき》がつたわってくる。麻由香はしきりになにかしゃべっていて、蓮は微笑みながら、うん、うん、とうなずいている。

仁菜子が見つめていても、二人は気づかない。二人で微笑みを交わしあい、二人で話しつづけている。

蓮と麻由香は、ガラスにへだてられた別の世界にいる。

ああ、こういうことなんだ……。そう痛感したとき、仁菜子は見えない大きな手で体じゅうを締めあげられたような感覚をおぼえた。

蓮は、別の世界にいる。

近くにはいても、自分は向こう側へ行くことはできない。

声もとどかない。手をのばすこともできない。

ただ、ながめているだけ。

急にまわりの空気がうすくなったみたいに息がつまって、目のなかが熱くなってきて、蓮の輪郭《りんかく》がにじんでゆらぐ。

蓮がこちらへ視線を向けたのは、そのときだった。麻由香と話しながらなにげなく窓を見た蓮が、仁菜子をみつけて表情を変えた。

ガラスごしに、目が合う。

また涙がこみあげてきて、頬をつたう。それでも、仁菜子は店の外から蓮を見つめるしかできない。

蓮のほうも、たたずむ仁菜子を見ているしかできなかった。なにもできず、でも、仁菜子から目を離すことができない。

蓮がじっと窓を見ていることに気づいて、なにかあるのかと麻由香も外へ目を向けた。

いったいなにを、蓮が見ているのか。

それを知って、麻由香はひそかに息をのんだ。蓮は仁菜子に見入っていて、麻由香が窓へ目を向けたことにも気づいていない。

麻由香の頭のなかに、春先、買い出しについていったときの記憶がよみがえる。

横断歩道の向こうを、ずっと気にかけていた蓮のすがた。とくに意味はないと思いながらも、なぜか心のすみにひっかかっていたあの光景。

あのときの記憶と、今、窓の外へ気をとられている蓮のようすが、麻由香のなかでひとつにかさなる。

麻由香はさりげなく視線をテーブルへもどして、アイスティーをストローでまぜながら蓮にたずねた。

「どうしたの？　蓮」

「ああ、うん……」

あいまいに蓮は答えて、やっと麻由香のほうへ視線をもどした。それでもまだ、窓の外を気にしている。

「すみませーん」

奥のテーブル席から、蓮に声がかかった。

いった。

「はい！　ちょっと待ってて」

蓮は小声で麻由香に短く言い置くと、窓ぎわから離れて、呼ばれたほうへ足早に歩いていった。

蓮が奥まで行ったところで、再び、麻由香は窓へ目をもどした。

つかのま、仁菜子と視線がからみあう。

仁菜子は目をそらすと、のろのろとした足どりで店の前から歩きだした。麻由香はただ、じっとそれを見送る。

浴衣《ゆかた》すがたが夜の向こうにとけてしまっても、麻由香はそのままでいた。暗い窓ガラスにぼんやりと映る自分を見つめる。

そうするうち、奥のテーブル席の応対がすんで、蓮が窓ぎわ近くへもどってきた。

仁菜子のすがたがないことに気づいて、どこへ行ったのかとさがすように、広いガラス窓を端から端まで見る。

麻由香は自分からは声をかけず、アイスティーのグラスをいじりながら、窓の外ばかり気にする蓮を見つめていた。

蓮のもとへ麻由香から会いたいと連絡があったのは、八月に入って、数日たったころだった。

蓮はマンションまでむかえに行くつもりでいたのに、麻由香はそれをことわって、おちあう場所を指定してきた。

以前、二人でよく待ち合わせに使っていた、あの公園。

蓮が公園へ行くと、麻由香はもう先にきていて、柵《さく》の近くに寄って街の風景をながめながら待っていた。

「なつかしい。よくここで会ってたよね」

麻由香は街を見わたしながら、蓮に話しかけた。

「そうだね……。急に、どうしたの？」

二人にとって、ここは思い出のある場所だ。でも、なぜ急にここへきたいと言いだしたのか、蓮にはわからない。

蓮の問いには答えず、麻由香は街のほうを指さした。

「でも、変わっちゃったね。あそこにあんなビルなかったし、あの家のカーテンは青だった」

「……変わらないものだって、たくさんあるよ」

蓮のことばに、麻由香はちいさく笑みをうかべる。そして、少し口調をあらためて、話をつづけた。

「あのね、すごいこと言っていい？　私、お父さんのこと、もうぜんぜん平気。あのころのわたしとはちがう。蓮に出会って、蓮に恋して、いつのまにか強くなってた」

「……」

「私は、もうだいじょうぶ」

蓮に言い聞かせるように、ひとことずつ、麻由香は力をこめる。

蓮の胸に不安がかすめる。麻由香の声の響きに、ことば以上の意味がふくまれているのを感じる。これは、まさか……？

「だから、もう……、さ」

あいまいに麻由香は言う。まさかと思いながら、蓮は問いかけた。

「なにこれ……、別れ話？」

「当たりー」

明るい声をつくって答えて、麻由香は笑った。

「なに言ってんの？」

ふざけた麻由香の答えかたに、蓮も笑ってしまう。麻由香はからかっているのか、びっくりさせようとしているのか。そう思ったけれど、麻由香はまっすぐに蓮の目を見つめている。

　その目で、蓮にもわかった。

　これは冗談なんかじゃない。本気で別れようと言っている。

「なんで？」

　突然のことに、蓮はそう問うしかできない。

　けんかもしていない。このあいだは、わざわざカフェまで会いにきてくれた。それなのに、なぜ？

「……話したことなかったよね。モデルの仕事はじめた理由」

　麻由香は笑みを消して、蓮に話しはじめた。

「つきあいはじめたころね、私、なにもなくて、からっぽで……。こんなんじゃ、いつか蓮に置いていかれるんじゃないかって、すごく不安だったの。だから、自分に自信を持ちたかった。そんな理由ではじめた仕事なのに、いつのまにか、すごくだいじなものになってた。蓮より優先するくらい」

　出逢《であ》ったころの蓮は、まだ中学生だったのに、びっくりするほどしっかりして見えた。おちついていて、成績も良くて、かしこくて、これじゃあどっちが年上かわからないと、ひけめを感じてしまうくらいに。

私にできること、なにかないのかな？　でも、勉強もそれほどできるわけじゃないし、これといった特技もないし……。

そう考えて思いついたのが、モデルの仕事だった。

彼女がモデルなんて、男の子は自慢に思うんじゃないかな——きっかけは、そんな程度の気持ちだった。

いわば、飾りのようなもの。

蓮のための、蓮に「すてきだね」と思ってもらえるための、きれいな飾り。

だって、読者として雑誌をながめていたときには、モデルなんて、流行の服を着て笑っているだけに見えていたから。

でも、実際にやってみて、そうじゃないと知った。

たくさんの人たちの工夫《くふう》と努力をあつめて、モデルが輝く瞬間が創《つく》られる。

なにかを創りあげていく充実感、達成感。モデルの仕事をして、初めて、そういったものを知った気がする。

だから、もう今は、モデルの仕事は飾りじゃない。

「私の気持ち、蓮には見えてた？」

「……それが理由？　そんなの……」

蓮がいきおいこもうとしたのを、麻由香はさえぎった。

「私は、自分の変化を認めたの。そうした以上は、蓮の変化も認めなきゃいけないでしょ？」

麻由香は片手を、そっと蓮の胸のまん中にあてる。そして、静かに言った。

「ここに、ちがうだれかがいるでしょ？」

そんなことはないと、蓮は言いたかった。それなのに、とっさに否定のことばが出てこない。

そのためらいを読んだように、麻由香はさらに言った。

「蓮、もう無理に消そうとしないでいいよ」

「無理ってなに？　麻由香のためにする努力が、まちがってるっていうの？」

「その努力は……、私のためじゃない。あの約束を破らないためだけのものだよ」

麻由香のことばに、蓮は胸をつかれた。

そうじゃない、麻由香のためだ。そう言いたいのに、のどのあたりでなにかが声をおしとどめてしまう。

「ほんとうは、蓮といっしょにおとなになりたかったな」

麻由香はつぶやいて、ふっと微笑む。

それから、蓮に背中を向ける。

一人で公園から出ていく麻由香をひき止めることばは、やはり、蓮にはみつけられなかった。

蓮はベンチに腰をおろして、体じゅうから力がぬけたようにうなだれた。せわしなく鳴きつづけるセミの声をぼんやりと聴きながら、麻由香が残していったことばのひとつひとつを思い返してみる。

でも、まだうけとめきれなくて、なにも考えられない。

ただ、麻由香が固い決心をしてここへきたことは、蓮にもわかった。なぜ、麻由香がここへきたいと言ったのか。

麻由香を守る、いつまでもそばにいるという、あの約束。

この場所ではじまった約束だったから、この場所で終わりにしよう。そういう意味だったんだ、と——。

「ただいま……」

マンションへ帰りついた麻由香は、ゆっくりとリビングのドアを開けた。ソファーでは大樹《だいき》が寝ころがって、雑誌をめくりながら笑い声をたてている。

「おかえりー」

大樹はこたえてから、なにげなく麻由香を見てぎょっとした。麻由香の頬は涙にぬれて、両目は赤く腫《は》れている。

「どしたの？」

なにかあったと直感して、大樹は体を起こした。蓮と会うために出かけていったことは、大樹も知っている。

「おっ、おとなの、選択をしてきた……」

麻由香はしゃくりあげながら、切れ切れに答えた。そのとたん、また新たな涙があふれてきた。

くしゃくしゃに顔をゆがめて泣いている麻由香を、大樹は見つめる。

どんなやりとりを蓮と交わしてきたのかは、まだわからないけれど……。でも、麻由香が考えたすえに決めたことなら、なにも問わずに見守ってあげたい。

大樹は目を閉じると、神妙な顔つきをつくって言った。

「んー、俺には、この先、ちゃんと笑えてる姉ちゃんが見える」

「大樹……」

さりげないはげましがうれしくて、麻由香の目にさらに涙があふれてくる。やたら甘ったるくなぐさめられたり、同情されたりするよりも、ずっと温かく胸にしみる。

「大樹」

涙のなかから、麻由香は呼んだ。

「ん?」

「大樹は、ちゃんと、彼女といっしょに、おとなになっていきなね」

「……うん」

どんなことを蓮と話してきたのかおぼろげに想像できて、大樹の胸も痛む。いたわるようなまなざしで麻由香を見つめながら、大樹はうなずいた。

つぎからつぎへ、麻由香の頬には涙がこぼれる。

だって、まだ蓮を大好きだから。

でも、後悔はない。

蓮との別れは、考えて、考えて、考えぬいて決心したことだから。

今日はきっと、力つきるまで泣きつづけるにちがいない。

でも、いつか、また笑える日がくる。

明日はたぶん無理だけれど、明後日もまだ無理かもしれないけれど、いつか、きっとまた笑える。

scene 7
ためらい

夏休みのあいだじゅう、仁菜子《になこ》は蓮《れん》のことばかり考えた。毎日、毎日、蓮のことを考えていた。

あのカフェへ行けば蓮がいるかもしれないと思ったけれど、結局、出かけることはできなかった。

花火大会の夜のこと、どう思われてるだろう。あんなふうに店をのぞいていたことも、おかしく思われているんじゃないだろうか……。

顔が見たい。声が聞きたい。

でも、その反面で、顔をあわせづらい。

ふたつのあいだでゆれて、どちらへも決められない。なにもできないままに、仁菜子の夏休みはすぎていった。

九月になって、新学期がはじまっても、学校へ向かう仁菜子の足どりは重かった。教室へ行けば、蓮と顔をあわせないわけにはいかない。そのときには笑ってあいさつしないといけないけれど、この分ではうまくできそうにない。

どうしよう、ふつうにしてなきゃだめなのに……。

自分から「今までどおりしゃべって」とたのんだくせに、自分のほうが、それをできなくなっている。

困りはてながら昇降口へ入ったところで、仁菜子の足が止まった。

クラスの靴箱《くつばこ》のところに、背の高い人影がある。蓮のすがたは、仁菜子には遠くからでもすぐにわかる。

こちらを向くかもしれないと思って仁菜子は身がまえたけれど、蓮は上履《うわば》きに替えると、うつむきがちに歩きだした。

なんとなく元気がない。なにか悩みとか考えごとがあって、まわりのことに注意が向かない。そんな感じにも見える。

仁菜子は気になったけれど、声をかけることはできなくて、蓮の後ろすがたが廊下《ろうか》をまがって消えるまで見送っていた。

「あの……」

ふいに声をかけられて、仁菜子がふり向くと、いつのまにか女子生徒がすぐ後ろに立っていた。

クラスメイトではないし、同じ学年の子でもない。どこかで会ったことがあるような気がするけれど、名前は思い出せない。仁菜子がとまどっていると、先にその女子生徒のほうが言った。

「前に、拓海《たくみ》くんといっしょにいるとき、会いましたよね？」

「あ、うん……」

そうか、花火大会のときに会った子だ、真央《まお》とかいう子だ、と仁菜子はようやく思いいたった。

でも、同じ高校だなんて知らなかったなと考えていると、真央は仁菜子の目をじっと見つめながらたずねてきた。

「先輩って、一ノ瀬《いちのせ》先輩のこと、好きなんですか？」

「え？　なんで？」

「今、ずっと目で追ってたから……」

「べつに……、私は……」

仁菜子はことばをにごしたけれど、真央はごまかされまいとするかのような、妙に厳しい表情をしている。

初対面にひとしいのに、どうしてこんな質問をされるのか。ふにおちなくて、仁菜子がだまっていると、

「おはよう！」

ひときわ明るいあいさつとともに安堂《あんどう》があらわれて、仁菜子と真央のあいだに割りこんできた。

「安堂くん……」

気づかうように仁菜子が見ると、安堂はちいさく目くばせをした。だいじょうぶだよ、というように、無言で少しだけ笑みをうかべてみせる。

それから、真央のほうへ向くと、

「どういうこと？」

急に表情を険しくして、真央の制服に目をやりながら問いかけた。

「転校してきたの。また同じ学校になれて、うれしい」

「俺とじゃねーだろ」

安堂の冷ややかな口調に、真央の顔がひきつる。

また花火大会のときのようになるんじゃないかと仁菜子は案じながらも、なにも言えず、二人のやりとりを見ているしかできない。

それを察したように、安堂はまた仁菜子に笑みを向けて言った。

「俺、この子に話あるから、仁菜子チャンは行ってくれる？」

「でも……」

「なーんにもないから。ふつうに話すだけだから、ね」

「うん……」

二人だけを残していっていいものか、心配ではあったけれど、仁菜子は一人で教室へ向かって歩きはじめた。

途中でふり返った仁菜子に、安堂は先へうながすようにうなずいてみせる。

仁菜子のすがたが廊下《ろうか》の向こうに見えなくなったのをたしかめると、再び、安堂は真央に向きなおって低くささやいた。

「なに考えてんだか知らないけど、今の子になにかしたら許さないよ」

本気で言ってるんだとわからせるように、安堂は鋭く真央をにらみつける。真央はひるまずに見つめ返してから、静かにつぶやいた。

「拓海くん、あの人のことが好きなんだね」

「……あんたには、関係ない」

安堂はそれだけ言って、真央から顔をそむける。

真央はまだ、じっと安堂を見つめている。その視線を安堂は感じながらも、ふり返ることなく足早にその場を立ち去った。


仁菜子は教室へ向かいながらも、安堂と真央を残してきたことが気がかりだった。

裏切った元彼女とまた同じ学校なんて、安堂がどんな気持ちでいるか。かといって、あまり口出しすることもできないけれど……。

二年四組の近くまで行くと、教室前の廊下に、さゆりやつかさのすがたが見えた。大樹《だいき》もいっしょにいて、なにか話しこんでいる。

仁菜子が登校してきたのに気づいて、さゆりとつかさが小走りに近寄ってきた。

「おはよう」

仁菜子があいさつしても、つかさはそれどころでないといった表情をして、

「仁菜子、たいへん！」

仁菜子の腕をひっぱりながら、あせった口調でささやいてきた。仁菜子がとまどっているると、こんどは、さゆりが声をひそめて言った。

「蓮くん、彼女と別れたんだって」

「えっ……」

どういうことか、すぐにはのみこめなくて、仁菜子はいきおいこんで問い返した。

「なんで？　理由は？」

「さあ」

つかさは首をかしげて、さゆりと顔を見あわせる。

蓮と麻由香《まゆか》が別れたなんて、すぐには信じられない。

でも、たぶん大樹から聞いた話なのだろうから、うそのはずはない。靴箱のところで見かけた蓮が元気なさそうだったのも、これで合点《がてん》がいった。

それでも、まだ信じられない。だって、一ヶ月前、花火大会の夜には、あんなに二人は仲良さそうにしていたのに……。

「でも、これで蓮くんもフリーになったわけだから、仁菜子、チャンスじゃん」

その日の放課後。

寄り道したファストフードの店で、つかさはドーナツを食べながらそんなことを言ってきた。

「……そういうの、今はいいよ。蓮くんの気持ち考えたら……」

仁菜子はうつむいて、つぶやくように答える。仁菜子は胸がつまってしまって、大好きなドーナツも今日はなかなかのどをとおらない。

チャンスだなんて、とてもそんなふうには考えられない。

きっと麻由香とは、きらいになって別れたとかではない。なにか事情があって、別れを選んだのにちがいない。それが、どんなにつらいことだったか。蓮のあのしずんだようすを見ていれば、よくわかる。

「またあ、〝友達として〟とか言うんじゃないよね？　もたもたしてると、つぎの彼女とつきあっちゃうかもよ」

つかさはそう言って、仁菜子をけしかけてくる。

つぎの彼女。

そのことばが、ずしりと仁菜子にのしかかる。

いずれ、蓮のとなりに、親しげにほかの女の子がならぶときがくるかもしれない。そんな場面は想像したくないけれど……。

でも、やっぱり、蓮がつらい思いをしているところへ、まるでつけこむようなまねはできない。

「仁菜子は、今のままでいいの?」

だまりこんだ仁菜子に、さゆりが問いかけてきた。

「えっ?」

「蓮くんの友達ってことは、もしも蓮くんに新しい彼女ができたら、そのときは祝福してあげなくちゃいけないんだよ?」

けっしてあおるような感じではなかったけれど、さゆりの口調は静かなだけに、いっそう深く仁菜子の胸に刺さった。

さゆりの問いかけに、仁菜子はなにも答えられなかった。

蓮につぎの彼女ができたとき、友達ならば、祝ってあげなくてはいけない。口先だけではなく、心の底から、「よかったね」と言わなくてはいけない。

そんなこと、できるだろうか?

心から祝福なんて、できるだろうか?

できる、と自信をもって答えることは、仁菜子にはできなかった。かといって、チャンスだと思うことも、やっぱりできなかったけれども……。

scene 8
それぞれの道へ

二学期がはじまるとまもなく、仁菜子《になこ》たちの高校では遠足がおこなわれる。

遠足当日の朝。

二年四組の生徒たちは、鎌倉《かまくら》駅の西口にある広場にあつまって、おしゃべりをしながら出発を待っていた。

遠足の行き先は学年ごとにことなっていて、二年生は鎌倉散策。

今日はここから、前もって決めておいたグループごとに分かれて、まず、鶴岡八幡宮《つるがおかはちまんぐう》を見てまわる予定になっている。

いちおう、歴史的建造物を見学するという名目にはなっているけれど、歴史の勉強というより、遊びにきているような感じだった。それに、今日はみんな制服ではなくて、動きやすいようにTシャツやトレーナーなどの私服できているので、いっそう解放感にあふれている。

「では、くれぐれもマナーを守って、事故のないように、グループごとに行動すること。返事は？」

クラス担任はいろいろな注意事項をくり返したあと、生徒たちの顔をひととおり見わたした。

「はーい！」

生徒たちは明るく答えて、それぞれのグループごとにさっそく歩きだしたり、顔をつきあわせて地図を確認したりしはじめる。

仁菜子のグループには、さゆり、つかさのほか、男子のメンバーには蓮《れん》も入っていた。

ホームルームでグループ分けした結果そうなったからしかたないとはいえ、気づまりというか、どんな顔をしていっしょにまわったらいいのか……。

「仁菜子、迷子にならないでよー」

つかさは笑いながら、そんなことを言っている。

「なるわけないじゃん」

失礼だなー、と仁菜子も笑って答えた。

つかさはまだ「ほんとにー?」なんて首をひねっているけれど、小学生じゃあるまいし、遠足へ行ってはぐれるなんてことあるわけない。

仁菜子はなんとなく蓮をさけて、さゆりたちとおしゃべりしながら、鶴岡八幡宮の大鳥居へ向かって歩きはじめた。


「さゆちゃーん！　つかさー！」

仁菜子が大声で呼びかけても、返事はない。

迷子になんかなりっこないと自信たっぷりに言いきったけれど——。出発して一時間とたたないうちに、仁菜子は四方を木々にかこまれて、ぼうぜんと立ちつくすはめになっていた。

まわりには、同じグループのメンバーはおろか、人影すら見えない。

出発のときにはさゆりたちとならんで歩いていたけれど、うわー、鶴岡八幡宮ってりっぱだなーとか、広いなーとか、しきりに見まわしているうちに、気がついたら一人で林の中に足を踏み入れていた。

あれっ、さゆちゃんたちはどこだろう、とあわててさがしまわるうちに、さらに林は深くなった。

とりあえず本宮へ行っていれば、きっとみんなと合流できるはず……とは思っても、どちらへ進めばいいのかわからない。方角はおろか、自分が今いる現在位置がどこなのかすらもわかっていない。

どっちへ行けばいいんだろう？

そのうち、みんながさがしてくれるだろうけど、もしも、みつけてもらえなかったら、このまま置き去りなんてことになるかも……。

どうしようと、仁菜子が途方にくれてしまったとき、

「木下《きのした》さーん！」

よく知った声がひびいてきて、仁菜子はそちらへ目をこらした。

木々の向こうに、蓮のすがたが見えかくれしている。気づまりとか、そんなものはふっ飛んで、はじかれたように仁菜子は駆け出した。

蓮のいるほうへ、いそいで走っていく。ろくに足もとをたしかめずに走っていたら石段で足がすべって、ふっと体が浮いた。

「わっ！」

しまった、と思ったときには、仁菜子は前のめりになって地面へたおれこんでいた。

仁菜子のさけび声を聞きつけて、蓮が駆け寄ってくる。

「だいじょうぶ⁉」

蓮はしゃがみこんで、仁菜子をのぞきこむようにしながら手をさしのべた。

「う、うん……」

打ちつけたひざが少し痛むけれど、ほかには傷もなさそうだった。

でも、蓮に助けられながら体を起こして、仁菜子はまたさけびそうになった。服の前にべったりと、ぬかるんだ泥がこびりついてしまっている。

「最悪だよ……」

迷子になったあげくに、こんなはでに服を汚してしまうなんて……。なんてまぬけなんだと、自分でもあきれるしかない。


林の奥まで迷いこんだような気がしていたけれど、蓮につきそわれて歩いていくと、ほどなく大きな参道に出ることができた。もっとおちついてあたりをさがしていれば、ちゃんと自力で人通りのある場所までたどりつけたのかと思うと、ますます仁菜子は恥ずかしくなってくる。

泥だらけの服ですごすしかないかなあ、と仁菜子がしょげていると、蓮が自分の着ているパーカをさっと脱いでさし出してくれた。

「ありがとー」

参道近くにある休憩所のトイレで着替えると、こんな感じになったよ、と蓮に見せる。

蓮のパーカは、仁菜子にはずいぶん大きい。蓮は細身なのに、やっぱり男子は体格がちがうんだなあ、とあらためて気づく。

そのあと、手を洗おうと水道場へ行ったけれど、蛇口《じゃぐち》をひねろうとして仁菜子はためらった。

パーカの袖《そで》が長くて、手のひらの半分近くまでかぶってしまっている。

このままじゃあ濡れちゃうな、と思ったとき、

「待ってて、そのまま」

蓮がそう言って、仁菜子の後ろへまわった。仁菜子の両脇から、蓮の腕がのびてくる。

「えっ……」

仁菜子は息をのんで、動きを止めた。

蓮は後ろから両手をまわして、仁菜子が着ているパーカの片方の袖口をていねいに折ってくれる。

「ほら、逆も」

蓮の声が、耳もとで聞こえる。

蓮の顔が、ふり向いたらぶつかるくらいすぐ近くにある。

袖を折るとき、蓮の指先が肌にわずかにふれる。

いっきに心臓の動きが速くなって、緊張しすぎて、仁菜子は体がふるえそうになってくる。

蓮くんは、気をきかせてくれただけ。親切にしてくれただけ。

けんめいに自分に言い聞かせても、鼓動は少しもしずまってくれない。心臓の音が蓮にまで聞こえてしまいそうで、それをごまかしたくて、仁菜子は体をかたくしながら前を向いたままで言った。

「なんか蓮くん、お母さんみたい」

仁菜子のたとえに、蓮はびっくりしたように目をみはって、それから、ちいさくふき出した。

「お母さんは、初めて言われた」

蓮はそう言って、やわらかく頬をゆるめている。

蓮が笑っているところを見たのは、ひさしぶりだった。このところ、ずっと蓮はしずんだ表情ばかりしていたから――。

仁菜子の胸が、キュッとしめつけられる。一瞬息が止まりそうなほど痛んだけれど、これは、いやな痛みじゃない。

ああ、やっぱり、好きだなあ……。

そんな気持ちが湧きあがってきて、蓮の笑顔にみとれてしまう。

みんなと合流する前に少し休んでいこうと、仁菜子と蓮は、大きな池へはり出してつくられたスペースへ入った。

備え付けの木製ベンチに腰をおろして仁菜子がホッと息をついていると、そばから蓮のくしゃみが聞こえた。

「あ、寒い？　私がパーカ……」

「だいじょうぶ」

仁菜子が気づかうのを、蓮はさえぎるように言ってから、またくしゃみをする。それでもまだ、仁菜子をなだめるようにうなずいてみせて、

「ほんとうに、寒いとかじゃないから」

と、蓮はくり返した。

「でも……」

もう一度言いかけて、仁菜子は口をつぐんだ。

何回たずねても、蓮はだいじょうぶと答えるにちがいない。電車で肩を貸してくれたときのように。

こうやって蓮とゆっくり顔をあわせるのも、ひさしぶりだった。

新学期がはじまってからは、最低限のあいさつをするくらいで、ほとんどことばを交わしていなかった。気にかかっていることはいろいろあるけれど、どう声をかけたらいいのか、わからなくて――。

しばらくのあいだ、仁菜子も蓮もだまって、ハスの葉がいっぱいにしげった池をながめる。風にゆれる葉ずれの音だけが、あたりに流れている。

やがて、池へ目をやったままで、ぽつりと蓮がつぶやいた。

「麻由香《まゆか》と別れた」

仁菜子は息をのんだ。

やっぱり、ほんとうだった。

仁菜子はなにも言えなくて、ただ、知ってたよ、とつたえるようにうなずく。

「うん……」

「好きだっていう気持ちと、俺が守んなきゃっていう気持ちが、いつのまにかごっちゃになってて……。麻由香の気持ち、無視して、俺のひとりよがりを押しつけてた」

「……」

蓮のことばに、仁菜子の胸がつまる。

どれほど麻由香をたいせつにしてきたか、どれほど麻由香をいっしょうけんめい想ってきたか、蓮の静かな声ににじんでいる。

「ごめん。なんか、変なこと言っちゃったね」

仁菜子がだまっているのを気づかってか、蓮が明るい口調をつくった。

蓮くんはやさしいんだな、とあらためて仁菜子は思った。いつだって、相手のことばかり気づかっている。ほんとうに、やさしい。

仁菜子はこのままだまってはいられなくなって、思いきって口を開いた。

「蓮くんは、やさしいから……」

「えっ？」

「相手のことをまず第一に考えて、自分が無理してでもがまんすればいい、って……。それって、蓮くんのいいとこだと思う。きっと、麻由香さんもわかってるんじゃないかな」

仁菜子のことばを、蓮はだまって聞いている。

あ、またちょっと偉そうだったな、と仁菜子は思ったけれど、蓮の顔には、だんだんとおだやかな笑みがひろがっていった。

「木下さんに話して、少し元気もらった」

蓮のことばに、仁菜子も微笑《ほほえ》む。

ほんの少しでも蓮の役にたてたなら、仁菜子もうれしい。蓮がつらいときなのだから、こんなことでよろこぶのはいけないのかもしれないけれど……。

「仁菜子チャン！」

ふいに呼びかけられて声の聞こえたほうを見ると、安堂《あんどう》がこちらへ駆けてくるところだった。

「安堂くん……」

「心配したよー」

安堂は息をはずませながら、仁菜子の前で足を止めた。

となりにいる蓮にもちらりと目をやったけれど、声はかけず、すぐに仁菜子のほうへ向きなおる。

「あ、ごめんなさい。みんなは？」

「わかんない。俺、グループちがうし」

「え～っ？」

仁菜子と安堂のやりとりを聞いて、蓮が一人で先へ歩きはじめた。

「俺、ちょっとさがしてくるよ」

仁菜子に言い置いて、蓮は去っていく。

安堂はそれを見送ってから、仁菜子に向きなおってたずねた。

「それ、あいつの？」

安堂は顔をしかめながら、仁菜子の着ているパーカを見る。

「え？　ああ、うん……」

仁菜子はうなずいて、蓮が折ってくれた袖口へ目をやった。後ろから両手をまわされたときの、息がかかりそうな感覚がよみがえる。

袖口を見つめながら、仁菜子は考える。

蓮くんはやさしいけれど、たぶん、ほかの女の子には袖口を折ってあげたりしない。

蓮くんは、たぶんだけど……、ほかの女の子よりは、ちょっとだけ私に気を許してくれている。

でも、それは、私が「友達として」と言いきっているから。

変な誤解をしたりしないって思っているから。調子にのって、それ以上を求めたりしてこない、って安心しているから。

きっと、そういうことなんだよね……。


翌日の夜。

蓮は一人で、駅のロータリーまできていた。

よく見知った青い車が、すでに停まっている。ひと呼吸置いてから蓮がそちらへ近づいていくと、車から麻由香がおりてきた。

「蓮、ひさしぶり」

蓮の前に立って、麻由香が微笑《ほほえ》みかける。

「これ、借りてた本とCD」

蓮はたずさえていた紙バッグを、麻由香へさし出した。

「うん」

麻由香はうなずいて、蓮の手から紙バッグをうけとった。

今夜の用件は、これですんだ。でも、蓮も麻由香も立ち去ろうとはしないで、無言でおたがいに見つめあう。

借りていた物があるから会って返したい——昨夜、蓮はひさしぶりに、麻由香に電話をかけてそう言った。

返すだけなら、ほかにも方法はあった。郵送することもできるし、大樹《だいき》にあずけてもよかった。

でも、蓮は、会うことに決めた。

もう一度、麻由香としっかり話しておきたかったから。

別れを告げられたあと、今日までずっと、麻由香とはまともに話ができないでいた。話すのがいやだったというよりも、混乱してしまって、自分の気持ちさえもよく見えなくなっていた。

でも、今は、だんだんと正面から自分を見つめられるようになっている。だから、会っておきたかった。

それは、たぶん、麻由香も同じだったにちがいない。

本とCDは口実。少し日がたったからこそ話せることをつたえておきたい、そう思ったにちがいなかった。

「俺……」

沈黙のあと、蓮は静かに口を開いた。

「麻由香に言われて、すぐにはわかんなかった。自分の気持ち消して、麻由香を守るってごまかしてた。俺も、自分の変化を認めるべきだった。認めないことで、麻由香を傷つけてた」

蓮のことばに、麻由香はゆっくりと首を横へふる。

麻由香を見つめながら、蓮はつづけた。

「それと……、ずっとそばにいるって約束、守れなかった。俺が言ったのに、ふがいないと思う。ほんとうに、ごめん」

「ううん」

そんなことないよ、と麻由香は首を横へふった。

「蓮はずっと、誠実でいてくれた。でも、だから、仕事を優先しちゃう自分がうしろめたかった」

そんなふうに思わないで。そうつたえるように、蓮は首を横へふる。

麻由香は顔をあげると、しっかりと蓮の目を見つめた。

「変わったのは、蓮だけじゃない……。きらいになったわけじゃなくても、こういう別れもあるんだよ」

麻由香の声は、凛《りん》として澄んでいる。

こんなにも麻由香は美しくなっていた、おとなっぽくなっていたのか、と、蓮は目がさめるような思いだった。

蓮にとっては、麻由香はいつまでも、両親の離婚に傷ついて泣いている女の子のままだった。

でも、目の前に立つ麻由香は、もう、公園で泣いていたあの麻由香じゃない。

あのころにはなかった輝きをまとっている。そのことに今まで気がつかなかった。ずっとそばにいたのに――。

ゆるぎのないまなざしで見つめてくる麻由香を、蓮もまっすぐに見つめ返した。

今夜、きちんと言おうと決めてきたことば。麻由香を見つめながら、そのことばを蓮は告げた。

「今まで、ありがとう。さようなら」

麻由香は微笑んで、そのことばをうけとめる。

たとえ、今、蓮の胸に別の人がいても、うらむ気持ちなんてみじんも麻由香にはない。

蓮を大好きだった。

そして、感謝している。

だって、ずっとそばにいると約束してくれた気持ちには、かけらのいつわりもなかったから。

両親が離婚を決めて、人の気持ちというものが信じられなくなっていたときに、あの約束で救われた。勇気をもらった。

　それだけで、充分だから――。


駅のロータリーで蓮と別れたあと、麻由香は車へ乗りこみながら考えていた。蓮のこと、これからのこと。

　こういう別れもある。

　あれは、自分に向けたことばでもあった。

　きらいになったわけじゃない。ただ、道が分かれてしまっただけ。もしかしたら、父親と母親もそういうことだったのかもしれない。そんな考えも、ふっと頭をかすめる。

　まだ、うまくは笑えない。

　でも、もう涙がこぼれたりはしない。別れを告げてから日にちがたって、ときどき、ほんの少しだけ笑うことができるようになってきた。もう胸が痛まないといったら、うそになるけれども……。

　ありがとう。

　さようなら。

蓮からもらったのと同じことばを心の中でくり返してから、麻由香はひとつ大きくうなずいた。

さあ、前を向いて、と自分を奮《ふる》い立たせる。

来年は、大仕事が待っている。これからは、蓮をたよりにはできない。自分で、自分を支えていくのだから——。

scene 9
シンクロ

遠足から数日がすぎた、放課後。

おしゃべりしながら帰るクラスメイトたちにまじって、蓮《れん》が二年四組の教室から出ていくと、仁菜子《になこ》はいそいであとを追っていった。

「蓮くん！」

仁菜子の呼びかけに、廊下《ろうか》の途中で蓮が足を止める。蓮のもとへ仁菜子は駆け寄っていって、分厚くふくらんだ紙袋をさし出した。

「パーカ、ありがとう」

蓮から貸してもらったパーカは、ていねいに手洗いしておいた。うっすらとしわがついていたから、アイロンもかけてある。

当て布までしているのを見て母親は、「パーカにアイロンは要らないんじゃない？」と笑ってから、「わかった、好きな男の子のでしょ〜？」とズバリ当てていた。さすが母親は鋭い！　だって、貸してもらったときよりもきれいにして、蓮に返したかったから。

「どういたしまして」

パーカーの入った紙袋をうけとって、蓮は微笑《ほほえ》んだ。その笑顔を見あげながら、仁菜子も微笑む。

「……帰らないの？」

蓮が廊下を歩き出しかけてから、仁菜子にたずねてきた。

「え？」

これは、いっしょに帰ろうって意味にとっていいのかな？

そう迷っていると、教室の戸口のところで、さゆりとつかさがかくれるようにしながらこちらを見ているのが目に入った。二人はしきりと手ではらうようなしぐさをして、「行け、行け！」と合図を送ってくる。

二人の後押しで、ためらいが消えた。うん、と仁菜子はうなずいてみせてから、

「帰る！　帰ります！」

小走りに追いついて、蓮のとなりへならんだ。

仁菜子は蓮といっしょに校舎を出て、二人ならんで帰り道をたどっていく。

パーカを貸してもらったおかげで、また蓮と話せるようになるきっかけができた。

迷子になって心配かけたのはもうしわけなかったし、寒い思いをさせたのももうしわけなかったけれど、と考えると、迷惑かけっぱなしだったわけだけれど……。

仁菜子も蓮も、あまりしゃべらない。

これまでにも蓮と二人で帰ったことはあるけれど、今日は状況がちがう。少なくとも、仁菜子にとっては。気軽にいっしょに帰ってくれるのは〝友達〟だからなんだって、よくわかってはいるけれど……。

無言で二人が歩いていたとき、大通り沿いにあるカフェのドアがちょうど開いて、店内からカップルが出てきた。

カップルはなにかことばを交わして笑って、またおしゃべりしながら歩きはじめる。仲良さそうなようすに、つい、仁菜子の視線がうばわれる。カップルそれぞれの手がすっと動いて、どちらからともなく手をとりあう。

いいなあ、と仁菜子は顔をほころばせた。

しめしあわせたりしなくても、同じことを考えて、同じようなことをする。がまんや無理をしなくても、ぴたりと呼吸があっている。

「ああいう自然な感じ、いいよね」

仁菜子はしみじみと言って、ため息をついた。

「そうだね」

仁菜子の視線の先へ目をやって、蓮も微笑む。

そのとき、カップルをながめる仁菜子と蓮のまわりを、風が吹きぬけていった。

頬をなでる風がここちよくて、蓮は深呼吸をする。

九月の風はまだやわらかく湿っているけれども、その中にかすかに、身がひきしまるような冷涼さがふくまれている。もう夏ではない。でも、秋と呼ぶにはまだ早い。そんな季節の変わりめを感じさせる風。

それを口に出して言おうかと思ったとき、

「あ、夏と秋の匂《にお》いが半分になった」

同じようなことばが仁菜子の口から出てきて、蓮は足を止めた。仁菜子は風を味わおうとするように、目をほそめている。

風のここちよさにさそわれたのか、仁菜子はスキップするように数歩先へ行って鼻歌をくちずさみはじめた。

「あ、その歌」

思わず、蓮は声をあげた。なんだろうという顔をしてふり向いた仁菜子に、蓮は言った。

「ちょうど同じところが、俺も頭のなかで流れてた」

「シンクロ⁉　気が合うね」

「うん……。そう思う……」

仁菜子は知らない。今、シンクロはふたつあったことを。蓮はゆっくりとうなずいて、仁菜子を見つめている。


蓮といっしょに駅へ向かうあいだ、仁菜子はなんだかそわそわして、足もとがちょっとふわふわするような感じだった。

シンクロするなんて、すごくうれしい。ささいな偶然かもしれないけれど、仁菜子にとってはすごいことだ。

駅のホームにならんで立っていても、気がつくと頰《ほお》がゆるんでくる。

となりにいる蓮の横顔をそっとうかがうと、視線に気づいて、蓮が仁菜子のほうを向いた。仁菜子がごまかすように少し笑うと、それにこたえるように蓮も微笑む。

いっしょに電車に乗ってからは、仁菜子はますますおちつかなくなってきた。ロングシートにならんですわっていると、電車が大きくゆれるたびに、おたがいの肩がかすかにふれあう。

そのたびに、だんだん鼓動が大きくなってくる。蓮のとなりにいるだけで、あたりにひびきそうなほど胸が高鳴ってくる。

限界、かもしれない。

ふっと、仁菜子はそう思った。

ふつうになんて、やっぱりできない。どんなにおさえようとしても、好きって気持ちは閉じこめきれなかった。

好き、好き、やっぱり好き。

でも、このつぎ、好きと告げたときには、以前のように、もうつたえるだけでいいなんて思えない。

「仁菜子は、今のままでいいの？」——このあいだ、さゆりに問われたことが思い出されてくる。

私、どうしたいんだろう？

正直な心の声に、仁菜子は耳をかたむけた。

私は……、蓮くんの彼女になりたい。

そう心はさけんでいる。

さっき見かけたカップルみたいに、あんなふうに蓮くんのとなりにいたい。

今の距離感を手放してしまうのは、ほんとうは怖い。蓮くんにやさしくしてもらえなくなったり、気軽に話すこともできなくなったらと考えると、怖い。それでも、もうこのままではいられない。

友達じゃなくて、彼女になりたい。

これまでは、それは望んではいけないことだったけれど……。

でも、傷つく人がいないのなら、もう、心にふたをしなくてもいいのかもしれない。


翌日の朝。

学校へ向かう仁菜子には、ひとつだけ、昨日まではちがうことがあった。ほかの人はまだ知らない、ちいさな変化。

蓮からもらった、蝶《ちょう》をかたどったストラップ。

昨夜、あのストラップを小箱からとり出して、再び携帯電話へつけなおしてきた。たったそれだけのことだけれど、なんとなく足どりがはずむ。

いい一日になりそうだなあ、なんて思いながら学校へついて、昇降口へ入っていくと、二年四組の靴箱《くつばこ》のところに背の高い人影があった。

「おはよ！」

明るく声をかけた仁菜子は、蓮にも、いつもとはちがうところをみつけた。蓮にしてはめずらしく、イヤホンを耳にはめている。

「おはよ」

片方のイヤホンをはずして、蓮はあいさつを返してきた。

「なに聴いてるの？」

仁菜子の質問に答える代わりに、はずしたイヤホンを仁菜子にさし出した。イヤホンを耳につけて、仁菜子は声をあげた。

「あっ、これ！」

流れてきたのは、昨日の帰り道、蓮と話題にしていた曲。好きな曲だけれど、しっかりと聴くのはひさしぶりだった。

「木下《きのした》さんの鼻歌、ちゃんと聴きたくなって、さがして入れた」

リズムをとりはじめた仁菜子に、蓮はそう言って説明する。

「やっぱいいよね、この歌」

「うん」

蓮もうなずいてから、仁菜子と同じようにリズムをとりはじめた。二人はならんで立って、流れてくるメロディーに耳をかたむける。

ごくちいさく口ずさみながら、仁菜子は思っていた。もしかして、蓮くん、私がくるのを待っててくれたとか？　この曲を聴かせてくれるために。そんなふうに考えるのって、都合よすぎかな？

でも、うぬぼれでもなんでも、こうやっているのが仁菜子にはうれしい。

同じ場所で、同じ歌の、同じフレーズを、二人でいっしょに聴いている。

今、自分の耳に聴こえているのとまったく同じメロディーが、となりにいる蓮の耳にも流れている。

仁菜子はあらためて、自分の心が望んでいることを感じる。

もっと、蓮くんとこんなふうにしていたい。こんなふうに、毎日、同じものを感じていたい。そう心がうったえている。

イヤホンをつけて曲に聴き入っていた仁菜子と蓮は、さゆりとつかさが昇降口へ入ってきたのにも気がつかなかった。

「ちょっと、あれ……」

「え、なに?」

さゆりとつかさは、仁菜子と蓮をみつけて、顔を見あわせた。

イヤホンを分けあう二人におどろきながらも、よーし、いい感じだ、と声には出さずにうなずきあう。そして、仁菜子と蓮のじゃまをしないように、さゆりたちはその場にとどまって二人を見守る。

少し離れた場所では、真央《まお》も二人のようすを見つめていた。ならんで曲に聴き入っている仁菜子と蓮を、射《い》るような視線で——。

「これ以上、一ノ瀬《いちのせ》先輩に近づかないでもらえますか?」

真央からそう切り出されたとき、いったいなにを言われているのか、仁菜子はすぐには理解できなかった。

放課後、仁菜子が一人で廊下へ出たところをねらっていたように、真央はあらわれた。

そして、「先輩、ちょっといいですか?」と硬い表情でささやいてきて、校舎の裏へとうながしたのだった。

「……え?」

近づくな? 蓮くんに?

どういうことなのか、わけがわからなくて仁菜子がとまどっていると、真央は顔をくもらせながらつづけた。

「私……、中学のとき、拓海《たくみ》くんと一ノ瀬先輩の関係を壊してしまったんです」

「どういうこと？」

「私が、一ノ瀬先輩に近づくために、拓海くんを利用したから」

「じゃあ、安堂《あんどう》くんの親友って、蓮くん……？」

仁菜子の問いに、真央はうなずいてから、

「隙《すき》をみて気持ちをぶつけてみたら、先輩、こたえてくれました」

そう言って、静かに事情を話しはじめた。中学校のときに、蓮、安堂、真央、三人のあいだになにがあったのかを——。

放課後のだれもいない教室で、蓮と二人きりになったとき、真央は秘めてきた想いをつたえた。

そして、キスしようとしていたところへ、ジュースを買いに行っていた安堂がもどってきたのだった。

安堂は目を見開いていたけれど、なにも言わなかった。教室の中へ足を踏み入れもせずに立ち去った。真央を責めることも、蓮に怒ることもなく。

安堂の足音が遠ざかっていったあと、蓮も、真央を残して教室から出ていった。安堂がおとしていったジュースをひろいあげて、だまって真央に手わたして――。

「結局、うまくいかなかったんです。先輩、やさしいから、親友の彼女とつきあうなんてできなくて」

「……」

「けど、親友だった二人のあいだには距離ができてしまいました。そのことに関しては、ほんとうに後悔しています」

真央はそこまで言うと、口を閉ざしてうつむいた。

仁菜子はただ、ぼうぜんとしていた。

真央のことばが、ぐるぐると頭のなかでまわっている。三人のあいだに、そんなことがあったなんて……。

でも、つじつまが合う。

同じクラスになって半年近くたつのに、いまだに蓮と安堂はどこかよそよそしい。とくに、蓮に対する安堂の態度には、ときおりトゲのようなものを感じることもあった。たんに性格があわないだけなのかなとも思っていたけれど、そうじゃなかった。ちゃんと理由があったことだったのか……。

「だから、このあいだ、一ノ瀬先輩のことが好きかきいたんです」

真央は顔をあげると、だまっている仁菜子に向かって再び話しはじめた。

「え？」

「もしそうなら、その気持ちは一ノ瀬先輩を困らせるだけです。私のときと同じように、きっと二人の距離は、今より、もっと開いてしまう……」

「……」

「だから、これ以上、一ノ瀬先輩に近づかないでください」

真央はうむを言わさないような強いまなざしを、仁菜子に向ける。今聞かされた話をうけとめるのがせいいっぱいで、仁菜子はことばが出てこない。

仁菜子を無言で見つめたあと、真央は背を向けた。

それにひっぱられるように、仁菜子も数メートル遅れて歩きはじめる。まわりの風景も目に入らないまま、のろのろと足を動かしていく。


自転車置き場へ向かおうとしていた安堂は、なにげなく校舎の裏のほうへ目をやって足を止めた。二人の女子生徒が歩いてくる。

あれは、仁菜子チャンと……、真央？

安堂は目をこらして、二人のようすをうかがった。仁菜子はうなだれながら、真央のあとを遅れてついていく。

なんで、二人がいっしょにいるんだ？　二人でいったい、なにやってんだ……？

偶然いっしょになっただけかもしれないけれど、気になる。

安堂は胸さわぎをおぼえながら、仁菜子と真央のすがたが消えるまでじっと見守っていた。

scene 10
心のままには動けない

高く澄んだ空にうろこ雲がうかぶ季節になると、文化祭に向けた準備で、校内はあわただしい雰囲気《ふんいき》につつまれる。

今日も、放課後になるとすぐに、ほとんどのクラスが作業にとりかかりはじめた。

校舎内の廊下《ろうか》、中庭、裏庭などの広いスペースには、Tシャツや体操着すがたの生徒たちがあふれている。

二年四組の生徒たちも中庭にあつまって、それぞれの作業にはげんでいた。

このクラスの出し物は、お化け屋敷。

美術の得意なクラスメイトが全体のデザインをして、その図面をもとに、全員で役割分担してある。

男子は、ベニヤ板や材木を切ったり組み立てたりといった、おもに力仕事。

女子は、色づけをしたり、小物づくりをする。

お化け屋敷の会場は、まっ暗にできると都合がいいということで、視聴覚室を使わせてもらう予定になっている。

準備をするのも文化祭の楽しみのひとつといった感じに、クラスメイトたちはにぎやかに笑いながら作業をしていた。

蓮《れん》も大きなベニヤ板のそばで、安堂《あんどう》といっしょに手順を話しあったりしている。

仁菜子《になこ》は刷毛《はけ》を持った手を止めて、二人のようすをうかがった。

こうして見ていれば、蓮と安堂は仲良くやっているように思える。でも、心のなかには、重いわだかまりをかかえているのか……。

仁菜子はちいさくため息をついて、再び、黒いペンキをふくませた刷毛をもくもくとベニヤ板の上で動かしはじめた。

「仁菜子チャン、そこ、黒じゃなくて赤なんだけど」

どれくらいぼんやりしていたのか、指摘する声で顔をあげると、いつのまにか安堂が近寄ってきていた。

「えっ……」

仁菜子が自分の手もとへ目をおとしてみると、たしかに、黒の部分をしめした下書きの線から大幅にはみ出してしまっている。

「あ、ごめんっ」

仁菜子はあわてて刷毛をとり替えようとして、缶に手をひっかけてしまった。缶のころがったかん高い音に、まわりの生徒たちがびっくりしてふり向く。

缶から流れ出たペンキをながめて、仁菜子はまたため息をついた。クラスのみんながいっしょうけんめい作業しているのに、これじゃあ、役にたたないどころか足手まといになってしまう。

安堂は仁菜子のそばへしゃがみこむと、声をひそめてたずねてきた。

「もしかして、あいつに……、真央《まお》になにか言われた？」

びくりと仁菜子は肩をふるわせた。

まさしく、安堂の察したとおりだった。

真央から話を聞かされて以来、そのことばかり考えている。「一ノ瀬《いちのせ》先輩に近づかないでください」――あのことばが頭から離れない。

おずおずと仁菜子は、安堂を見あげた。ほんとうのことを言ってようながすように、安堂は見つめ返してくる。

安堂の心配げな表情に、一瞬、仁菜子はうちあけてしまいたくなったけれど、でも、すぐに思いなおした。

安堂には話せない。中学のときのことをむし返すようなまねをしたら、安堂をもっと傷つけてしまう。

「……なにも」

少し笑ってみせながら、仁菜子は答えた。だめだ、平気な顔してなきゃ、と自分をなだめる。

安堂はまだ心配そうに見ていたけれども、

「なら、いいけど。なにかされたら、俺に言ってね」

もう一度くり返して、仁菜子のそばから離れていった。

下校時刻が近づいてくると、廊下や外にいる生徒の数もだんだんとへってきた。

二年四組の生徒たちも、作業を中断してあとかたづけにとりかかる。

「仁菜子、最近、あんまり蓮くんの話しないね」

つかさがかたづけをしながら、そばにいる仁菜子に話しかけてきた。

「……そう?」

内心ぎくりとしながらも、仁菜子は少し笑みをつくってみせる。

つかさがさらに話しかけようとしたのを、さゆりが袖《そで》をひっぱっておしとどめた。「なによ!」ともんくをつけるつかさに、やめなよ、と無言で首をふる。

「私、筆洗ってくるね」

仁菜子は笑顔をつくったままで水入れを持ちあげると、さゆりたちのそばから離れていった。

つかさはそれを見送ってから、不満そうな顔をさゆりへ向けた。

「ねえ、なんで止めたのよー。仁菜子、絶対なんかあったに決まってんのに」

「わかってるよ。仁菜子のことだから、うちらに心配かけまいとしてんでしょ」

「だったら、なおさら……」

「待とうよ」

いきおいこむつかさを、さゆりはさえぎった。

「えっ?」

「仁菜子から話してくれるのを、待っていようよ」

さゆりのことばに、つかさはだまりこむ。そして、少し考えるようにしてから、

「わかった」

と、深くうなずいてみせた。

さゆりの言いたいことが、つかさにも理解できた。

今、仁菜子は、自分のなかでいろいろ考えている。それは、きっと、たやすくは明かせないようなことだから。

そうなのだとしたら、やきもきするけれど、今はだまって見守るしかできない。

でも、仁菜子のほうからなにか言ってきたときには、なんでも相談にのりたい。

そして、仁菜子が自分で考えたすえになにかを決めたならば、それがどんな選択でも、せいいっぱい応援する。


だめだな、もっと、ふつうにしてなきゃいけないのに……。

仁菜子はそうため息をおとしながら、廊下にある水道場で、蛇口《じゃぐち》から流れ出る水に絵筆をひたしていた。

安堂にも、さゆりたちにも、ようすがおかしいと気づかれている。真央から過去の話を聞かされたこと、だれにも知られちゃいけない。そう思っているのに、ふだんと変わらず

ふるまうことができない。

ぼんやりと水をながめていた仁菜子は、すぐ横にバケツが置かれるまで、ほかの生徒が近づいてきたことに気づかなかった。

となりの蛇口の前に、蓮が立っている。

水道場には、ほかに生徒はいない。なるべく蓮と間近で顔をあわせないようにしていたのに、二人きりになってしまった。仁菜子は声をかけず、とっくに汚れのとれた絵筆を洗いつづける。

「なんか、今日、元気ない気がするけど、どうかした？」

蓮に問われて、仁菜子はぎくりとした。蓮にも、もう気づかれている。仁菜子は無理に笑顔をつくって答えた。

「……そう？　ぜんぜん元気だよ？」

「木下《きのした》さんが元気ないと、気になる」

蓮のことばに、胸が痛む。それでも、仁菜子はつくり笑いをくずさなかった。

「心配してくれて、ありがとう。でも、ほんとうに元気だから」

「そう……」

うそだと見ぬいただろうけれど、それ以上は、蓮はもう追及してこなかった。

仁菜子はだまって、絵筆を水にひたしつづける。のどをなにかにつかまれでもしているように、息がしづらい。

「……あのさ、蓮くんと安堂くんって、中学のとき、どうだったの？」

仁菜子の問いに、蓮が動きを止めた。どうして急にそんなことをたずねるのか、といぶかしんだのかもしれない。

でも、少しの沈黙のあと、蓮は思いきったように話しはじめた。

「俺……、昔はかなり孤立してたんだけど、そんな俺に、『俺はしゃべりたいやつとしゃべる』って話しかけてきたのが、安堂。あいつはなんの気なしに言ったんだろうけど、正直、うれしかった」

そのときのことを思い出したのか、蓮はふっと頬をゆるめる。

「そうなんだ……」

「孤立してても平気なんてふりしてた俺を……、あの場所から引き上げてくれたのは、安堂なんだ」

今では、蓮はクラスからういている感じはない。でも、そうなるきっかけをつくってくれたのが安堂だったことは、初めて知った。

蓮の話を聞いて、仁菜子にもわかった。

蓮にとって、安堂はたいせつな友達。きっと今でも、その気持ちは変わっていない。親友と思っている。

そして、それはたぶん、安堂のほうも同じはずだった。

安堂のほうも、今でも蓮のことを友達と思っている。トゲのある態度をとりながらも、心の底では、きっと昔のように親しくなりたい、仲なおりしたいと望んでいるのにちがいなかった。

「こんな話したの、木下さんが初めて」

蓮が表情をやわらげて、仁菜子に微笑《ほほえ》みを向けた。

「木下さんじゃなきゃ、言わなかったよ」

蓮はそう言って、仁菜子をじっと見つめてくる。そのまなざしに、仁菜子の鼓動が速くなる。

「木下さんじゃなきゃ、言わなかったよ」――そのことばに、友達としての信頼以上のものがこめられているように思うのは、やっぱりうぬぼれだろうか。

もしかしたら……、と思ってしまう。

でも、うれしいのに、苦しい。

蓮のまなざしを、うけとめられない。

「……うん。私、先行くね」

仁菜子は顔をそむけて、水道場から離れた。背中に、蓮の視線を感じる。でも、仁菜子はふり返らなかった。


水道場に残った蓮は、さっきの仁菜子のようすを思い返していた。

仁菜子はうそをついている。

でも、どうしてうそをついているのかが、わからない。

蓮はバケツを洗い終えて、水道場から離れようとしたところで、足を止めた。

廊下の少し先に、ペンキの缶を両手にさげた安堂が立っている。いつからそこにいたのか、まるで挑むように蓮のほうを見ている。

蓮は表情を変えることなく、廊下を歩きはじめた。安堂もじっと蓮を見つめたまま、動かずにいる。

そして、蓮は安堂とすれちがいざまに、小声で、でも、はっきりと言った。

「俺、木下さんが好きだから」

安堂がどんな表情をしたかは、蓮はたしかめなかった。そのまま、なにもなかったように歩き去っていく。

安堂もあとを追うことなく、くちびるを固くひきむすんでその場にとどまっていた。

雨に気づいたのは、教室を出たあとだった。

仁菜子が靴《くつ》をはき替えて昇降口から外をのぞくと、雲におおわれた空からは雨がふっていて、地面で音をたてている。傘は持ってきていないし、さゆりたちも先に帰っている。このふりかたでは、少し待ったところでやみそうにない。

しかたない、このまま濡れて帰ろう。

仁菜子はそう決めて、雨の中へ足を踏み出した。

たちまち、髪や制服の肩が濡れる。それをぬぐうことなく歩いていったとき、ふいに横から傘をさしかけられた。

思わず仁菜子が足を止めると、そばには安堂がきていた。

ひとつの傘の下で、どちらも口を開かずに数秒がすぎる。それから安堂は、仁菜子を見つめながら問いかけてきた。

「どうしたら、俺は蓮を越えられるの?」

「え……」

「どんなふうに想えば、俺を好きになってくれるの?」

「安堂くん……」

仁菜子には、なにも答えられない。

仁菜子がだまって先へ歩き出すと、安堂はいそいで追いついてきた。そして、仁菜子の手に押しつけるようにして傘をわたすと、雨のなかへ駆け出していってしまった。

雨にかすむ安堂の背中を、仁菜子はじっと見送る。

安堂がわたしてくれた傘が、持っていられないほどに重く感じる。

やっぱり、だめだ、と仁菜子は思った。

蓮くんの彼女になりたいと、心はさけんでいるけれど……。それにしたがうことは、できない。

もしも、心のままに動いたら、きっと真央の言ったとおりになる。

蓮と安堂の距離は、もっと開いてしまう。

溝《みぞ》が深まって、埋められなくなってしまう。

そして、安堂をもっと傷つける。今でさえ、中学のときにうけた傷が癒《い》えないで苦しんでいるのに……。

だから、できない。

好きって気持ちのために、だれかを犠牲《ぎせい》にはできない。

scene 11
真実があかされるとき

あわただしく準備を進めて、いよいよ、文化祭の当日になった。

開始の時刻になると同時に、待ちかねていた多くの来場者が、看板の掲げられた校門をつぎつぎにくぐっていく。

文化祭のときはだれでも出入り自由になるので、生徒の家族をはじめ、他校生もたくさんおとずれる。

いろいろな模擬店《もぎてん》、研究発表、作品展示。

内容はさまざまだけれど、どのクラスの生徒たちも、ここ数日は、夜もクラスメイトの家にあつまって作業にはげんでいた。

やっと今朝最後のしあげをして、ほとんど徹夜できているような生徒も多いけれど、どの顔にも疲れはうかがえない。

努力の成果を見せよう、今日一日をうんと楽しもうと、笑顔ではりきっている。

二年四組のお化け屋敷も、予定より遅れてぎりぎりまでかかったけれど、なんとか完成させることができた。

全体には、ハロウィンがイメージされている。

お化け役になっている生徒たちは凝《こ》ったメイクや衣装をつけているけれど、それ以外の生徒たちも、お化け屋敷の雰囲気《ふんいき》にあうようにそれぞれ工夫《くふう》したかっこうをして、割り当てられた係についている。

にぎやかに飾りつけられた校内をあちこちぶらついたあと、仁菜子《になこ》は一人で視聴覚室近くまでもどってきた。

仁菜子もハロウィンっぽく、作り物のちいさなツノと羽、それに先が三角になった長いシッポをつけている。

これから、つかさといっしょに、受付にすわる予定になっていた。

もうきているかもと思ってあたりを見まわしてみたけれど、つかさのすがたは見あたらない。

ちょうど今の時間の受付係になっている女子生徒が歩いてきたので、仁菜子は呼び止めてたずねた。

「交代するね。つかさ、まだきてない?」

でも、その女子生徒からは、あれっという表情をしてたずね返された。

「代わってもらったって言ってたけど、聞いてない?」

都合が悪くなったなんて、つかさからはまったく知らされていない。メールでも電話でも、いくらでも前もって連絡できるはずなのに。

「だれに?」

どういうことだろうと思いながら仁菜子がたずねたとき、受付の席にすわっているクラスメイトのすがたが見えた。そのとき、つかさが連絡してこない理由がわかった。

つかさの代役できていたのは、蓮《れん》だった。

安堂《あんどう》は校内をぶらつきながらも、仁菜子のことばかり考えていた。

このところ、仁菜子は表情がさえない。なにもないと否定していたけれど、やっぱり気になる。

「俺、木下《きのした》さんが好きだから」――このあいだ蓮からそう言われたことにも、あせりを感じている。

　こちらからなにを言っても関係ないって顔をしていたくせに、とうとう自分の気持ちを認めた。そして、それを宣言してきた。でも、学校で注意して見ているかぎりでは、まだつぎの行動はしていないようだった。

　蓮が告白する前に、なんとかしないと……。そう考えるといてもたってもいられなくて、文化祭を楽しむどころではない。

　そろそろ、仁菜子が受付にすわる時間のはずだ。廊下《ろうか》でくばられていた模擬店のチラシをながめたりしながら、お化け屋敷へもどってみようかと考えたとき、少し先の廊下で視線が止まった。

　赤いポロシャツすがたの女子生徒に、数人の男たちが話しかけている。

　男たちは他校生らしい。金色に近いほど髪を染めて、着くずした制服に、シルバーのアクセサリーをはでに飾っている。どうやら女子生徒はナンパされているらしく、男たちにかこまれて動けないでいる。

　その女子生徒は、真央《まお》だった。

「超かわいいー」

「何年生?」

男たちはしつこく話しかけながら、真央の肩へ手をかけようとした。

「やめてください」

真央は体をちぢこめて、ふるえる声で抵抗するのがせいいっぱいのようすでいる。

助けを求めてあたりを見まわした真央は、足を止めている安堂に気づいた。二人の目が合う。真央の目が、「助けて!」と安堂にうったえてくる。

安堂は表情を変えることなく、真央を見つめる。それから、すっと目をそらして、背中を向けた。なにも見なかったように。真央は目を見開いて、ふり向かない安堂の後ろすがたを見つめる。

「ほら、行こうよ」

男の一人が、真央の腕をつかんだ。真央はあらがう気力もうしなったように、なされるがままになって歩いていく。

ふいに、男は後ろから肩をつかまれて、足を止めた。

「すいません、チャーハンいかがですか」

ふり向いた男の目の前へ、安堂は模擬店のチラシをつきつける。

「なんだよ」

男はうっとうしそうに安堂をつき飛ばすと、また真央のほうへ手をのばした。男のその手を、安堂はつかむ。

男が眉《まゆ》をつりあげて、安堂をにらみつけてくる。安堂はさっとチラシを投げつけると、わずかに男がひるんだ隙《すき》をついて、すばやく真央の手をつかんで駆け出した。

「待て！　コラァッ！」

男が罵声《ばせい》をあげながら、逃がすものかとばかりに追いかけてくる。真央の手を強くつかんだまま、安堂は全力で走りつづけた。


二年四組のお化け屋敷には、さっきからかぞえるほどしか客がこない。

仁菜子は受付の席についたけれど、肩をすくめるようにしながら机の上に視線をおとしていた。蓮のほうを見ることができない。となりにすわっている蓮も、ずっとだまりこんでいる。

「……お客さん、ぜんぜんこないね」

あたりさわりのないことを仁菜子は話して、本題に入るのをさけようとした。でも、蓮はそれにはのらなかった。

「あのさ……、やっぱり最近、木下さん、元気ない気がするんだけど」

水道場のときと同じことを、蓮はまた口にした。つかさと交替した理由はそれだったんだろうと、仁菜子にも察しはついていた。

「……そんなことないよ」

それでも仁菜子には、これ以外の答えをすることができない。

でも、それに蓮が納得していないことはつたわってくる。このあいだのように、ごまかして逃げることもできない。つぎの交替時間がくるまで、勝手に受付を離れるわけにはいかない。

「……あ、じゃあ、呼び込みするねっ」

仁菜子は強引に話題を変えると、用意してあったメガホンを手にとった。イスを後ろへひいて、その上へ立つ。

「お化け屋敷、やってまーす！　見てってくださーい！」

メガホンを口にあてて、やつぎばやに仁菜子は呼びかける。蓮から話しかけられないように。

「お化け屋敷でーす！　楽しいですよー！」

となりで仁菜子が声をはりあげても、蓮はだまって席についたままでいる。そして、腕組みをしながら、ぽつりと言った。

「俺じゃ、だめかな」

蓮のその声は、はっきりと仁菜子の耳に聞こえた。

呼び込みをつづけなきゃ。聞こえていないふりしなきゃ。そう思っても、仁菜子の耳は蓮の声をすどおりさせることができない。

メガホンを持ったままで動きを止めた仁菜子に、蓮がつづけた。

「少しでも、支えになりたい。木下さんが、俺にしてくれたみたいに」

それは、もしかしたら……？

もしかしたら、友達より、もっとべつの意味で……？

ううん、ただ、友達として、心配して、相談にのると言ってくれているだけなのかもしれないけれど……。

でも、だめだ。

これ以上、蓮に近づいてはいけない。

どんなに心が望んでいても。

仁菜子は蓮になにも答えることなく、再び、呼び込みをはじめた。

「お化け屋敷、やってまーす！　寄っていってくださーい……」

身をのり出すようにして大声をしぼり出したとき、片足の先が座面からはずれて、ぐらりと体がかたむいた。

たおれる！

仁菜子は息をのんだ。が、となりから蓮がすばやく両手をのばして抱き止めてくれて、仁菜子の体はかたむいた状態で止まった。

とっさに離れようとしても、不安定な体勢になっているから動けない。

「だいじょうぶ？」

蓮が抱き止めたままで、仁菜子の顔をのぞきこんでくる。

蓮の顔が、すぐ目の前にある。

蓮に、心が吸いこまれてしまいそうになる。

心の声が望むままにしたくなる。

でも、同時に、だめだ、という気持ちがおし寄せてきて、相反するふたつをうまくなだめることができずに、とっさに仁菜子は蓮をつき放していた。

よろめいた蓮はイスからずりおちかけながら、ぼうぜんとして仁菜子を見あげる。

蓮から顔をそむけて、仁菜子は駆け出した。勝手に受付を離れてはいけないのに、もう蓮と顔をあわせていることができなかった。

真央の手をひっぱって、安堂は全力で走った。

すぐにあきらめるかと思っていたら、他校生の男はよほどくやしかったらしく、しつこく追いかけてくる。

安堂は階段を駆けおりて、廊下《ろうか》をわざと何回も曲がって、真央をつれて走りつづけた。

この学校の生徒しか知らないような細い通路をとおりぬけて、自転車置き場の奥まで駆けこんだところで、ようやく安堂は足を止めた。

注意深くあたりを見まわしてみても、男が追ってくる気配はない。ずいぶん手間どったけれど、どうやらふりきることができたようだ。それをたしかめたところで、安堂は大きく息をついた。

心臓の動きが最大限まで速く、荒くなっている。安心したせいか、ひざから力がぬけた。安堂は背をまるめて、ゼエゼエと息を切らして大きく肩を上下させる。

こんなに真剣に走ったことなんて、最近なかった。体育の授業のときだって、こんなにまじめに走ったりしない。

「ありがとう。助けてくれて……」

少し呼吸がおちついてきたところで、真央がちいさく頭をさげた。

「べつにいいよ」

そっけなく安堂はこたえた。べつに真央から感謝してほしかったわけじゃない。ただ、見かけてしまった以上、ほうっておけなかった。それだけだ。

「うれしかった……」

すがるような瞳で、真央は安堂を見あげてくる。

こんな表情をよく見たよな、と安堂は思い出していた。

中学校のとき、つきあっていたころにも、よくこんな瞳で真央から見つめられたものだった。

そのいくつが真実で、いくつが演技だったのか。それとも、すべてがまやかしにすぎなかったのか。

それはもうわからないけれど、あのころ、こんな瞳をした真央を、なんてかわいいんだろうと思っていた。いとしいと思っていた。

「……俺、いろいろ考えたんだ」

安堂は声をおとして、静かに話しはじめた。

「あんたのことも、蓮のことも……。あのとき、俺が逃げなければ、失わずにすんだかもしれないって。あのとき、もっとがんばればよかった、って……」

そう、逃げたんだ。

蓮と真央がキスしているのを見てしまって、なにも言わずに立ち去った。そのあとも、真央とは別れて、蓮とは距離を置くようになった。

あのころは、そうするしかないと思っていた。そうか、真央がほんとうに好きなのが蓮なら、じたばたしたってしかたないか。

でも、今になってみれば、そんなふうに思ってしまったことを悔《く》やんでいる。

あのときは、逃げたかっただけなんだ。

正面から向きあうのを、おそれただけだった。

その場で怒ればよかった。問いただせばよかった。あっさり手放さなければよかった。本気で真央を好きだったなら——。

「だから、俺は今、仁菜子チャンに必死になれんだ」

安堂は少しだけ、真央に向かって笑ってみせる。

あの経験があったからこそ、わかったことがある。そう思えば、真央に裏切られたこともプラスに変えられる。

そんなふうに考えられるようになったことを、いつか真央につたえられたらと思っていた。こうやって話す機会ができて、過去のあのできごとにも、ようやく自分なりの決着をつけることができる。

真央はなにも言わない。顔をこわばらせて、うつむきながら安堂の話を聞いている。

「じゃあ」

安堂は背を向けて、立ち去ろうとした。

真央に言いたいと思っていたことは、これでつたえることができた。それをどうけとめようと、それはもう真央自身の問題だ。

「待って！」

真央が顔をあげて、安堂を呼び止めた。

まだなにか話す必要があるのか？　いぶかしげな顔をしてふり返った安堂に、真央はしぼり出すような声で話しだした。

「仁菜子先輩に、ぜんぶ話したの。私が、拓海《たくみ》くんと一ノ瀬《いちのせ》先輩の仲を壊したこと」

「は？」

「そうすれば、一ノ瀬先輩に近づかないと思ったから」

安堂の胸に、激しい怒りが湧きあがった。

過去のことは、もう責めない。でも、また策略をめぐらすようなまねをするのだけは、絶対に許さない。

「あんた、そうまでして蓮のこと……」

「ちがう！」

安堂がつめ寄ろうとしたのをさえぎって、真央はさけぶようにうったえた。

「私が好きなのは、拓海くんなの！」

「なに言って……、自分のしたこと、忘れたのかよ！　蓮といっしょんなって、俺のこと……」

「あのキスは、私が強引にしようとしたことなの」

「は？　意味わかんねーよ」

目を見開く安堂に、真央は切れ切れに説明しはじめた。

好きだと告げた真央は、蓮にキスしようとした。でも、蓮はそれをうけ入れなかった。

くちびるを近づけてきた真央の肩に手をかけて、そっとひき離した。安堂が見たのは、そのときだった。

「私が許されないのは、わかってる。でも、一ノ瀬先輩は、なにも悪くないの」

「なんだよ、それ……。だって、あいつ、そんなことひとことも……」

「拓海くんには、だまっておこうって」

「……」

「私が一方的にしたことだって知ったら、拓海くんはもっと傷つく。だから、だまっておこうって」

そんな話は、少しも知らなかった。蓮はひとことも弁解しなかったから……。安堂はぼうぜんとして、なにも言うことができない。

「私……、後悔した」

真央は瞳をうるませながら、かすかに声をふるわせて話しつづける。

「あのあと、拓海くんへの気持ちに気づいたの……。だから、ずっと償《つぐな》いたくて、拓海くんのためになにかしたくて……」

「……」

「そしたら、もう、あの二人のじゃまをすることぐらいしか思いつかなかった。それで、拓海くんが仁菜子先輩とうまくいけばいいんだ、って。でも、そんなことしかできない自分が哀《かな》しくて……」

真央の頰を、涙がいくすじもつたいはじめる。

「ごめんなさい……。ごめんなさい……」

真央は何回もくり返して、両手で顔をおおって泣きじゃくる。

この涙はいつわりじゃない。それは安堂にもわかった。

こういう本音を、もっと早く聞けたらよかった。いや、あのとき逃げなければ、そうできたかもしれないのに……。

「ずっと、苦しかった?」

安堂の問いかけに、真央はうなずく。

「なら、もういい」

安堂の静かなことばに、真央は顔をあげた。なぜ責めないのか、信じられないように安堂を見つめる。

安堂はわずかに頬をゆるめて見つめ返しながら、真央に告げた。

「自分の好きになったやつが、ちゃんと心の痛むやつだってわかったから。もう、それでいい」

scene 12
いつわりの答え

ほかにだれもいない二年四組の教室で、仁菜子《になこ》は一人で帰りじたくをしていた。

蓮《れん》くんをつき飛ばしちゃった……。

それを考えると、涙が出そうになってくる。ひどいことしてしまった。心配してくれたのに。助けてくれたのに。

あんなことをしてしまって、もう顔をあわせられない。

きっと、きらわれた。

でも、これで、かえってよかったのかもしれない。近づかないようにしなきゃとか気をつけなくても、蓮くんのほうから遠ざかるだろうから。

そんなふうに思おうとしても、いやだ、いやだ、蓮くんにきらわれるなんていやだ、と心はさけんでいる。

でも、どうにもならない。

ふいに戸を開ける音がひびいて、びくっとして仁菜子がそちらを向くと、やってきたのは蓮だった。

息を切らして肩を上下させながら、蓮は教室へ入ってくる。

「俺がなにかした？　どうしてさけるの？」

早口で問いつめながら、蓮は仁菜子のほうへ歩み寄ってきた。蓮の顔をまともに見ることができなくて、仁菜子は目をそらす。

「さけてなんかないよ」

仁菜子は短く答えると、自分の席から通学用カバンをとりあげて足早に戸口へ向かおうとした。蓮が腕をつかんで、仁菜子を止める。

「今だって、目も合わせようとしない」

なおも強い口調で蓮は言って、仁菜子の両肩をつかんだ。体を固くした仁菜子を、強引に自分のほうへ向きなおらせる。

そして、仁菜子の目をまっすぐに見つめながら、蓮は告げた。

「俺、木下《きのした》さんが好きだよ」

蓮のことばに、仁菜子は息をのんだ。まばたきも忘れたように目をみはっている仁菜子に、蓮はつづけた。

「木下さんの存在が、俺のなかで、どんどん大きくなって……。ただ、麻由香《まゆか》以外のだれかの存在は、努力して消すのがあたりまえだと思ってて……。でも、努力しても、少しも消えなかった」

そこでいったん、蓮はことばを切った。

それから、少し口を閉ざしたあと、まちがいなく仁菜子に聞かせようとするように、ゆっくりと蓮は告げた。

「俺と、つきあってほしい」

そのことばを聞いたとき、仁菜子はほんとうに心臓が止まりそうになった。

今告げられた蓮のことばが、頭のなかいっぱいに何度もこだまする。蓮のまなざしに、体がふるえそうになる。

心がさけんでいる。

蓮くんの彼女になりたい。

けれども、仁菜子は心の声をけんめいにおさえつけると、蓮から顔をそむけた。

かったことにするように。

「帰らないと……」

かすれた声でそれだけ言うと、仁菜子はまた戸口へ向かおうとした。蓮の告白を聞かなかったことにするように。

「まだ返事、聞いてない」

蓮は後ろから、仁菜子の腕をつかんでひき止めた。その手を、仁菜子はふりはらおうとする。でも、蓮はそれを許さない。仁菜子の腕をとったままで壁ぎわまで追いつめると、すばやく両手を後ろの壁につけた。

蓮は自分の腕のなかへ、仁菜子を閉じこめる。仁菜子は壁を背にして、肩をすくめて体をこわばらせる。

おたがいの呼吸が感じられるほどの距離で、仁菜子と蓮は見つめあう。

蓮の瞳には、仁菜子しか映っていない。

仁菜子の瞳にも、蓮しか映らない。

まるで、今、世界には二人だけしかいないような感覚にとらわれる。

「答えて」

ささやくように、蓮がうながしてくる。

「答えてくれるまで、帰さない」

もう一度、蓮がくり返した。

こんなふうに問われたら、仁菜子は思わず答えてしまいたくなる。蓮くんの彼女になりたい、と。

でも、それはできない。

それなのに、心の声のままに答えられないのが、苦しくてたまらない。

「……もう、やだっ」

急に、仁菜子がどなるように言って、蓮はハッとしたように表情をゆらした。

「私にだって、いろいろあるのっ！」

ふりしぼるようにうったえて、仁菜子はうつむく。小刻みにくちびるをふるわせている仁菜子を、蓮はじっと見つめる。

沈黙が流れる。

やがて、蓮はふっと視線を仁菜子からはずすと、力がぬけたように肩をおとした。

「うん……」

かすかに蓮はうなずいて、仁菜子を閉じこめていた両腕をおろしていく。

蓮はうなだれながら自分の席へ行って通学用カバンをとってくると、壁ぎわにいる仁菜子に向かって、弱々しい声でつぶやいた。

「追いつめるつもりじゃなかった……。や、追いつめてでも、どうにかしたかった。あせってこんなことしても、困らせるだけなのに」

そんなんじゃない、と仁菜子は言いたかった。

でも、言えない。

蓮はまだ、仁菜子がなにか言ってくれるのではと待っている。でも、仁菜子が固く口を閉ざしているのを見て、ふっと息をつくと、

「ごめん」

ひとことだけ言い残して、一人で教室から出ていった。

しばらくのあいだ、仁菜子はぼんやりと壁にもたれていた。蓮の足音が、だんだんと廊《ろう》下《か》を遠ざかっていく。

やがて、足音が消えると、仁菜子は窓ぎわまで歩いていった。

窓からのぞくと、校舎から蓮が出てきたのが見えた。視線が吸い寄せられる。でも、蓮がこちらを見あげたのに気づいて、仁菜子はさっとカーテンのかげへかくれた。

耐えなくちゃ。これでよかったんだから……。

そう自分をなだめながら、仁菜子はくちびるをかんで、後ろ手にぎゅっとカーテンをにぎりしめた。

『後夜祭がはじまります。生徒のみなさんは、校庭に集合してください』

飾りつけられた校舎の中に、アナウンスがくり返し流れている。

たくさんの来場者でにぎわって、文化祭は盛況のうちに時間終了となった。生徒たちはつれだって、つぎつぎに校庭へと出ていく。

蓮は生徒たちがあつまっているほうへは向かわず、重い足どりで校門へ歩いていた。

途中で、ふと足を止めて、校舎をふり返った。

二年四組の教室の窓を見ると、端へ寄せられたカーテンの一部に、つまんだような不自然なしわが寄っている。

たぶん、あの後ろに仁菜子がいる。

蓮は察して、カーテンのしわを見つめる。

何十秒もそのまま立ち止まっていたけれど、蓮は校舎に背を向けると、再び、校門のほうへ歩きはじめた。

しばらく行ったところで、向こうから安堂《あんどう》がやってくるのが目に入った。安堂も蓮に気づいたけれど、表情を変えることなく歩いてくる。

安堂とすれちがいざまに、蓮は小声で言った。

「フラれた」

安堂は思わず足を止めて、ふり返って蓮へ問いかけた。

「なんで?」

「なんで、って……。俺じゃダメだってことだろ」

そっけなく答えて、蓮は歩いていこうとする。安堂は蓮の前へまわると、肩をつかんでひき止めた。

「じゃあ、俺が仁菜子チャンに告白する番だな」

安堂がそう言っても、蓮はだまっている。

そうしたいならすればいい、とでも言うように、蓮は安堂の手をふりほどいて歩きはじめる。

「いいんだな」

蓮の背中に向かって、安堂は念をおした。

蓮はふり返らない。

遠ざかっていく後ろすがたを見送ったあと、安堂は校舎へ向かって歩きはじめた。

窓の外からは、後夜祭のにぎわいが聞こえる。

優勝、準優勝のクラスをはじめ、各賞が発表されるたびに、盛大な拍手と歓声がわきおこっている。

それとは対照的に、校舎の中はさっきまでのにぎやかさがいっさい消えて、人影もなく静まり返っていた。

ほかにだれもいない廊下を安堂は歩いて、二年四組の教室の前までやってきた。

なにも物音は聞こえない。

でも、戸口からのぞいたとき、教室の中に、たった一人だけ女子生徒が残っているのをみつけた。

窓ぎわの席に、仁菜子がすわっている。机につっぷして、身動きもしない。

仁菜子がすわっているのは、蓮の席だった。

しばらくそれを見つめたあと、安堂が中へ入っていくと、はじかれたように仁菜子は体を起こした。

「そこ、蓮の席だけど」

なんでもないような口調で安堂は言いながら、仁菜子のそばへ歩み寄っていった。

「まちがえちゃって」

仁菜子は少し笑って見せながら、蓮の席から立ちあがった。自分の席から通学用カバン

を手にとって、足早に戸口へ向かったとき、

「蓮のこと、あきらめるの？」

ふいに安堂に問われて、仁菜子の足が止まった。なにも答えられないでいる仁菜子に、さらに安堂は問いかけてきた。

「なに？　俺がかわいそうになっちゃった？　真央《まお》にぜんぶ聞いたんでしょ？　二度も蓮に負ける俺に、同情しちゃった？」

「そんなんじゃ……」

「どうせ、俺の気持ちにはこたえられないくせに。俺にいい顔して、どうすんの？　仁菜子チャンと蓮って、そういうとこ、そっくり。人のために無理してがまんして、そんな自分に酔ってるところ。そんなの、ただの自己満足なんだよ」

仁菜子は言い返せない。

そんなつもりじゃない。

いろいろ考えて、そうするべきだと思ったようにしただけ。いい顔しようなんて、そんなつもりじゃないけれど……。

安堂の顔に笑みはない。厳しい表情をして歩み寄ってきて、だまっている仁菜子の正面に立った。

「でも、ずいぶんハンパじゃん。ほんとうに俺がかわいそうなら……」

そう言うなり、安堂は仁菜子の両肩をつかんでひき寄せると、すばやくキスをした。

突然のことに仁菜子が動けないでいるうちに、安堂はくちびるを離すと、かすかに笑いながら言った。

「俺とつきあってよ」

仁菜子は無言で、安堂に向かって右手をふりかざした。平手打ちされるのを覚悟したように、安堂は目を閉じる。

でも、頰を打つ音はひびかなかった。

ふりあげた右手をゆっくりと仁菜子はおろしていくと、その手で、安堂の頰《ほお》にやさしくふれた。

とまどっている安堂を、じっと仁菜子は見つめる。そして、安堂の頰に手をふれたまま、仁菜子はつぶやいた。

「わざとだ……」

安堂の表情がゆらいだ。けれど、すぐに平然とした顔をとりつくろう。

頰へやった手をおろして、仁菜子はつづけた。

「わざと、自分がきらわれるようなことしたんでしょ？　私が、蓮くんのところへ行けるように」

「は？　なに言ってんの？」

見当ちがいだと言いたげに安堂は首をかしげてみせるけれど、それが演技ということくらい仁菜子にも見やぶれる。

仁菜子の目のなかが熱くなって、あたりが白っぽくかすんでくる。涙をこらえながら、仁菜子はつづけた。

「蓮くんにフラれて、友達でいいからいっしょにいたいって思って……。でも、それがつらくって、どんどん欲がでてくる自分がいやになって……」

「いいんだよ、それで。人を好きになるって、楽しいだけじゃない。つらくて痛いことなんだよ」

「私、〝好き〟の意味がわかってなかった。結局、自分のこと守ってただけだった」

仁菜子の頰を、涙がつたいはじめた。

自分に酔ってる。自己満足。

ぜんぶ、安堂に言われたとおりだった。

安堂を傷つけたくないからと言いながら、よけいに追いこむことになって、わざときらわれるようなまねまでさせて……。

安堂のことを思いやっているようでいて、結局は、ほんとうには安堂の気持ちを考えていなかった。

自分がどう思うか、だけしか考えていなかった。

安堂を傷つけることで、自分が悪者のようになるのをおそれただけ。

罪悪感を持つのがいやだっただけ。

今になって、やっとそれがわかった。

「ごめんなさい……」

涙をあふれさせながら、仁菜子はつぶやいた。

「こんな……、こんなこと、させちゃって……、ごめんなさい。もう、安堂くんにいい顔しない。私は、蓮くんが好きだから。だれかを傷つけることになっても、蓮くんが好きだから……」

涙があふれて止まらない。どうしたらいいのか、仁菜子は泣くだけしかできない。

しゃくりあげている仁菜子の頭を、安堂はあやすように手のひらでポンポンッと軽くなでる。それから、仁菜子のひたいへ、そっとくちびるを寄せた。

さっきの強引なキスとはちがう。

いたわりに満ちた、温かなキスだった。

思わず泣きやんだ仁菜子を安堂は見つめて、それから、微笑《ほほえ》みながら言った。

「行きな。走れば、きっと蓮に追いつく」

仁菜子は涙にぬれた目で、安堂を見つめる。ひとつうなずいてから、仁菜子は戸口へ向かって駆け出した。

仁菜子の足音が、人気《ひとけ》のない廊下にひびく。

やがて、あたりに再び静けさがもどると、安堂は力がぬけたようになって窓ぎわの壁へもたれかかった。

なにやってんだろうな、俺は……。

自分を笑ってやろうとしたけれど、うまくいかなくて、ゆがんだ笑いは涙にくずれていった。

なんて、おひとよしなんだ。好きな女の子が恋敵《こいがたき》のもとへ行けるように、背中をおしてやるなんて。真央との恋で、好きなら手放しちゃいけないって学んだのに。

あふれてくる涙で息ができなくて、安堂は手で顔をおおいながらしゃがみこむ。

でも、うめくような泣き声をもらしながらも、仁菜子を送り出してやったことに後悔はなかった。

けんめいに恋したら、またひとつ、わかったことがあったから。

好きな相手が悲しむのはいやだ。好きな女の子だからこそ、涙にくもった顔を見るのがつらい。

好きな子には、笑顔でいてほしい。

そのためなら、なんでもしてやりたい。

好きな子が幸せになるなら、自分もうれしいから。

本気で恋するとそんなふうに思うようになるんだと、仁菜子を好きになって、初めて知ったから。

だから、後悔はないけれど、だけど……。

やっぱり、涙があふれてしまう。本気で好きだったから。

そのとき、うなだれている安堂の耳に足音が聞こえた。安堂が顔をあげて戸口を見ると、そこに立っていたのは真央だった。

「おひとよし」

自分でも思っていたことを、真央からずばりと言われる。

「うるさい」

安堂は涙をぬぐいながら立ちあがって、そっぽを向いた。かまわず真央は入ってくる。

そして、安堂のすぐそばに立つと、宣言するように真央は言った。

「こんどは、私の番だから。正々堂々、拓海《たくみ》くんに行くから」

「今の俺は、簡単じゃないよ」

そっけなく安堂は答えたけれど、真央はひるまなかった。

「いいの。そのほうが、私の本気がつたわるから」

そんなことであきらめたりしないというように、真央は笑みをうかべる。絶対にふり向かせる、そう決心していることがつたわってくる。

真央につられたように、涙にぬれた安堂の頬にもかすかに笑みがうかんでくる。

間近で微笑む真央を見ながら、安堂は思った。

これほど意志にあふれた表情を真央が見せたことは、これまでなかった。

こんなにもまっすぐで真剣なまなざしで見つめてきたことも、たぶん、初めてかもしれない、と——。


仁菜子は校舎から駆け出したあとも、足をゆるめることなく走っていた。息があがってきても、止まらずに校門へ向かっていく。

後夜祭をながめていたさゆりたちが、走っている仁菜子をみつけて、いそいで駆け寄ってきた。

「仁菜子、どうしたの？」

さゆりの問いかけに、仁菜子は走りながら答えた。

「私、行ってくる！」

つかさが首をかしげて、仁菜子へたずねる。

「どこに？」

さゆりのほうは、仁菜子のことばの意味をすぐに察した。仁菜子は決めたのだ。考えて考えて、進む道を決めたのだ。

「行ってきな！」

さゆりの応援に、仁菜子は大きくうなずいてみせた。さゆりから力をもらった気がして、仁菜子は足を速める。

「ねえ、どこに？」

つかさはまだわからないらしく、しきりと首をひねっている。

「バカ」

さゆりはつぶやいて、微笑みながらつかさを見る。

仁菜子は休まず、校門へ向かって走っていく。その後ろすがたをさゆりは見送りながら、がんばれ、と心の中で声援を送っていた。

scene 13
想いはひとつだけ

いつものホームで、蓮《れん》は電車を待っていた。

ほとんどの生徒が後夜祭に残っているためか、同じ高校の制服すがたは見あたらず、ホームもふだんより空いている。

到着を知らせるアナウンスが聞こえて、電車がホームへ入ってきた。おりる客を待ったあと、蓮は車内へ乗りこむ。

扉近くに場所をとって窓の外をながめていると、ごくちいさくメロディーが流れてきた。そばにすわっている乗客のイヤホンから音がもれ聴こえてくる。

思わず蓮は、あっと声をあげそうになった。

あの曲だった。

いっしょの帰り道、仁菜子《になこ》が口ずさんでいたあの歌だった。かすかにしか耳にとどかないはずの音が、はっきりと蓮には聴こえる。何回も聴き返したメロディーに、蓮はじっと耳をかたむける。

仁菜子は駅へむかって、全力で走りつづけていた。

息が切れて苦しいけれど、それでも足を止めなかった。なんとしてでも、蓮に追いつきたかった。

走っていく仁菜子の胸のなかに、蓮とすごしてきた日々のことがよみがえってくる。

「何年何組?」――電車の中でそうたずねられたときから、たぶん、あこがれとはちがう意味で気になりはじめていた。

「木下《きのした》さんに話して、少し元気もらった」――遠足の日、そう言ってもらったときには、少しは役にたてたかなってうれしかった。

「その歌……、ちょうど同じところが頭のなかで流れてた」――そうおしえてもらったときには、びっくりした。ただの偶然だよねって思っても、すごくうれしかった。

ほかにも、たくさん、たくさん、蓮との思い出はあるけれど……。

でも、ただの思い出にはしたくない。

友達じゃなくて、彼女になりたい。

さっき、あんなひどい態度をとったくせに、まだそんなことを望むなんて、むしがいいとわかっている。

でも、もう、心の声にうそをつきたくない。

蓮くんの彼女になりたい。

もっと、もっと、蓮くんといっしょにいたい。


蓮は出発を待つ電車の中で、もれ聴こえてくるあの曲に耳をかたむけながら、仁菜子とすごした日々のことを思い出していた。

「一年一組、木下仁菜子！　……です」——あの元気な自己紹介を聞いたときから、たぶん、なんだかおもしろい子だなと気になりはじめていた。

「いいんだよ、たまには。がんばらなくても」——駅でたおれたとき、そう言ってもらったら、はりつめていたものがふっとらくになった。

「あ、夏と秋の匂《にお》いが半分になった」——あのことばを聞いたときには、どうして考えていることがわかったのかとおどろいた。

思い出は、たくさんある。

蓮の頭のなかに、帰りぎわに目にした光景がよみがえる。しわの寄ったカーテンの向こう、仁菜子はいったいどんな顔をしていたのか。

でも……。

今さら、なにを考えてみたってしかたがない。告白して、はっきりとことわられたのだから。

『まもなくドアが閉まります。ご注意ください』

車内にアナウンスが流れた。

蓮は視線を窓からうつして、じっとドアを見つめる。

仁菜子はやっと駅につくと、連絡通路を走っていって、いつも使っているホームへつづく階段を駆けおりはじめた。

ホームにはすでに電車が入っていて、発車のベルが鳴りひびいている。

仁菜子はいそいで階段をおりていったけれど、最後の段までおりたところで、電車の扉が閉まった。

どこか開いていないかさがすように、仁菜子は左右を見る。その目の前で、電車はホームから出ていった。

間に合わなかった……。

力がぬけて、その場にくずおれそうになったとき。だれもいないはずのホームに人の気配を感じて、仁菜子はそちらを見た。

ホームの先に、蓮が立っていた。

蓮のほうも、まぼろしでも見たような表情を仁菜子に向けている。

どうして、と考えるよりも前に、仁菜子の体は動きだしていた。蓮へ向かって、仁菜子は走っていく。

蓮も、仁菜子のほうへ駆けてくる。

おたがいに駆け寄って、仁菜子と蓮は向かいあった。しばらくのあいだ、どちらも口を開かず、見つめあう。

仁菜子は呼吸をととのえると、勇気をふるって話しはじめた。

「あのね、蓮くんに、聞いてほしいことがあるの」

まだ激しく息が切れていて、ことばがとぎれる。仁菜子はまた大きく息を吸ってから、けんめいに声をおし出した。

「うまく言えないかもしれないけど、聞いてほしい」

「うん」

わかったとつたえるように、深く蓮がうなずく。

早く言わなければと仁菜子は思ったけれど、気持ちばかりが先走って、ことばではなく涙があふれてきてしまった。

「ごめ……」

仁菜子は手の甲で目もとをぬぐったけれど、つぎつぎに涙が流れる。これじゃだめだとあせったけれど、

「ゆっくりでいいよ。ちゃんと聞いてるから」

蓮はそう言って、せかすことはしなかった。

蓮は待ってくれている。

だからこそ、しっかり話さなくては。仁菜子は涙をこらえて、心にあることを、少しずつことばにしていく。

「蓮くんに好きって言ってもらえたとき、ほんとうはすごくうれしくて……。でも、うけいれたら傷つく人がいる、って……。でも、それは、言い訳で……」

「……」

「私、ずっと、がんばりかた、まちがえてた」

それを口にすると鋭く胸が痛んで、また涙があふれてきた。しゃくりあげながら、仁菜子はつづける。

「ほんとうは、蓮くんと、用がなくても電話したり、メールしたり、カフェでデートしたり……、ケーキ半分こして……。でも、結局、私のほうがいっぱい食べちゃって……」

再び、涙でとぎれた。

かんじんのことを、なかなか言えない。こんなケーキがどうのなんて、よけいなことばかり言ってしまって……。

涙で声がつまる。うまくつたえられなくて仁菜子がもどかしく思っていたら、それまでだまって聞いていた蓮が口を開いた。

「……そしたら、しょうがないなって、俺の分わけてあげるよ」

蓮のことばに、仁菜子は涙にぬれた目を見開く。勝手に空想を語ったようなものだったのに、まだおぼえていてくれた。

なにも言えないでいる仁菜子の手をとって、蓮はさらにつづけた。つないだ手を、かたくにぎりしめながら。

「歩くときは、ことばがなくても自然に手をつなごう」

だから、いっしょに行こう。

いっしょにいよう。

蓮のまなざしが、そう告げてくれている。

仁菜子は涙をこらえて、まっすぐに蓮を見つめる。もうまわり道しないで、心にあるいちばんたいせつなことを蓮につたえたい。

「私にだっていろいろあるって言ったけど……、いろいろなんて、ない。ひとつしか、ないの……」

いったんことばを切ってから、仁菜子はありったけの想いをこめて、しっかりとした声を出して蓮へ告げた。

いちばんたいせつで、いちばんつたえたいこと。

「私、蓮くんが好きです！」

蓮は腕のなかへ、仁菜子を抱き寄せる。

そして、蓮も告げる。

「俺も、木下さんが好きだよ……。大好きだよ」

蓮の声が、仁菜子の心にひびいていく。仁菜子も両手を蓮の背中へまわして、思いきり力をこめる。

仁菜子と蓮は、おたがいを強く抱きしめる。

これからは二人で、同じものを見て、同じものを感じて、同じ速度で歩いていこう。

二人で、いっしょに歩いていこう。

力のこもるおたがいの腕から、二人が今、たしかに同じ想いでいることを感じあいながら——。


——END——

※この作品はフィクションです。実在の人物・団体・事件などにはいっさい関係ありません。

集英社オレンジ文庫をお買い上げいただき、ありがとうございます。
ご意見・ご感想をお待ちしております。

● あて先
〒101-8050　東京都千代田区一ツ橋2-5-10
集英社オレンジ文庫編集部 気付
下川香苗先生／咲坂伊緒先生

映画ノベライズ

ストロボ・エッジ

集英社
オレンジ文庫

2015年2月25日　第1刷発行

著　者　下川香苗
原　作　咲坂伊緒
発行者　鈴木晴彦
発行所　株式会社集英社
〒101-8050東京都千代田区一ツ橋2-5-10
電話【編集部】03-3230-6352
【読者係】03-3230-6080
【販売部】03-3230-6393（書店専用）
印刷所　大日本印刷株式会社

※定価はカバーに表示してあります

ISBN 978-4-08-680010-5 C0193